瑞蘭國際

瑞蘭國際

瑞蘭國際

瑞蘭國際

土耳其語
聽力與會話 A2-B1

A2-B1 düzeyleri için
Türkçe Dinleme ve Konuşma

徐漢陽（Erhan Taşbaş） 著

ÖN SÖZ

Türkçeyi yabancı dil olarak öğrenen öğrencilerin en çok zorlandığı alanlardan biri dinleme ve konuşmadır. Bu kitap, Avrupa Dilleri Ortak Çerçeve Programı'na (CEFR) göre A2-B1 düzeyindeki öğrencilerin Türkçe dinleme ve konuşma becerilerini geliştirmeyi amaçlamaktadır.

Kitap, öğrencilerin günlük yaşamda karşılaşabilecekleri durumlara uygun olarak seçilmiş 20 üniteden oluşmaktadır. Her ünite, belirli bir konu etrafında yapılandırılmış ve öğrenilmesi hedeflenen 10 anahtar sözcük üzerinden çeşitli etkinliklerle desteklenmiştir. Bu etkinlikler arasında sözcük tanımları, örnek cümleler, boşluk doldurma ve gruplama alıştırmaları, diyalog etkinlikleri, konuşma çalışmaları ve kelime oyunları yer almaktadır. Böylece öğrencilerin hem anlamaya hem de üretmeye dayalı dil kullanımına aktif biçimde katılması amaçlanmıştır.

Kitapta sunulan tüm etkinlikler tekrar, bağlam içinde öğrenme ve öğrenci katılımını artırma ilkelerine dayanmaktadır. Ayrıca, örnek cümlelere ve diyaloglara eşlik eden ses dosyaları öğrencilerin dinleme becerilerini pekiştirmelerine katkı sağlayacaktır.

Kitabın Çince bölümlerini gözden geçirip düzenlediği için Ulusal Chengchi Üniversitesinden Doç. Dr. Tseng Lan-ya'ya; diyalogların seslendirilmesine değerli katkılarından dolayı ise Ankara Üniversitesinden Öğr. Gör. Buket Düzyol ile Okt. Şeyda Yılmaz'a teşekkürlerimi sunuyorum.

Türkçeyi öğrenme sürecinde size eşlik edecek olan bu kitabın dil becerilerinizi geliştirmek için yararlı bir kaynak olmasını diliyorum.

Erhan Taşbaş
Ulusal Chengchi Üniversitesi
Türk Dili ve Kültürü Bölümü

前言

　　聽力與會話常是外國學習者們在學習土耳其語的過程中最感到困難的項目之一。本書依據歐洲語言共同參考架構（CEFR）A2-B1程度的編寫，專為土耳其語的外語學習者設計，期盼能增進學習者的土耳其語聽力與會話能力。

　　本書共有20個單元，皆取材自日常生活中常見的情境。各單元皆環繞著特定的主題，提供10個關鍵詞彙再設計各種演練活動。這些演練活動包括詞彙定義、例句、填空題、分類、對話活動、會話練習，以及填字遊戲等，俾利學習者不僅充分理解語意，更能舉一反三造句以達到更積極使用語言的目的。

　　本書除依據「讓學習者反覆演練所有活動、在真實情境中學習，同時增加學習者的參與感」原則之外，並提供例句以及對話的錄音檔，以期加強學習者的聽力。

　　在此也感謝協助本書中譯並仔細校對的國立政治大學曾蘭雅副教授；以及協助錄製對話音檔的土耳其安卡拉大學的杜時幼（Buket Düzyol）與謝宜達（Şeyda Yılmaz）二位講師。

　　衷心期待本書成為您學習土耳其語過程中提升語言能力的得力助手！

國立政治大學
土耳其語文學系
徐漢陽

İÇİNDEKİLER 目次

A2程度

1. Restoran 餐廳 8
2. Ev 房子 14
3. Mağaza 商店 20
4. Hastalık 疾病 26
5. Hava 天氣 32
6. Tamir 修理 38
7. Sağlık 健康 44
8. Trafik 交通 50
9. Tatil 假期 56
10. Güzellik 美容 62

B1程度

11. Bilgisayar 電腦 68

12. Sosyal Medya 社群媒體 74

13. Kira 租屋 80

14. İş 工作 86

15. Havaalanı 機場 92

16. Para 金錢 98

17. Eğitim 教育 104

18. İletişim 溝通 110

19. Program 計劃 116

20. Farklılıklar 差異 122

Sözlük 字典 129

Cevap Anahtarı 解答 137

1. Restoran 餐廳

I. Sözlük 字典

1. Masa
2. Menü
3. Çorba
4. Salata
5. İçecek
6. Yiyecek
7. Tatlı
8. Getirmek
9. Hesap ödemek
10. Lezzetli

1. **Masa**: Dört ayaklı bir eşya. Üzerinde yemek yeriz.

2. **Menü**: Yemek listesi. Kafe ve restoranlarda kullanırız.

3. **Çorba**: Sıcak ve sulu bir yiyecek. Genellikle sebzelerden veya etten yapılır.

4. **Salata**: Çeşitli sebzelerle yapılan bir tür yiyecek.

5. **İçecek**: Su, kola, ayran gibi içilen şeyler.

6. **Yiyecek**: İnsanların ve hayvanların yediği şeyler.

7. **Tatlı**: Çikolata, dondurma, pasta, kek gibi şekerli yiyecekler.

8. **Getirmek**: Bir şeyi başka bir yerden alıp gelmek.

9. **Hesap ödemek**: Restoran ve kafede yemekten sonra para vermek.

10. **Lezzetli**: Tadı ve kokusu güzel olan (yiyecek veya içecek).

Restoran 餐廳

II. Örnek Cümleler 例句 (MP3-01)

1. Akşam saatlerinde bu restoranda boş masa bulmak çok zor.
2. Kafe menülerinde tatlı ve içecek isimleri, restoran menülerinde ise yemek isimleri vardır.
3. Türkler akşam yemeklerinden önce çorba içerler.
4. Ben genellikle balığın yanında salata yerim.
5. Marketlerdeki çoğu içeceğin içinde şeker var. Ben bu yüzden su içiyorum.
6. Et, yumurta ve peynir gibi yiyecekleri buzdolabına koymak lazım.
7. Baklava en ünlü Türk tatlılarından biridir.
8. Restoran ve kafelerde hesabı garsonlar getirir.
9. Yemeği bitirdikten sonra hesabı ödeyip eve döndük.
10. Pizza, makarna ve köfte gibi yiyecekler sıcakken daha lezzetli olur.

***

III. Boşluk Doldurma 填空題

1. Annemin yemekleri restoran yemeklerinden daha _____.
2. Menüde _____ olarak sadece dondurma var.
3. Dolapta koladan başka _____ yok.
4. Restoran çok kalabalık. Hiç boş _____ yok.
5. Yemekten sonra _____ ödemek için kasaya gittim.

IV. Diyalog 對話 (MP3-02)

A (Müşteri)	B (Garson)
Affedersiniz. Bu masa boş mu?	Hoş geldiniz. Evet, boş. Buyurun.
Menü var mı?	Hoş geldiniz. Evet, boş. Buyurun.
Ben bir çorba ve salata istiyorum.	Peki, içecek olarak ne alırsınız?
Bir kola lütfen.	Tatlı da ister misiniz?
Evet, baklava alayım.	Hemen getiriyorum.

Yemek yedikten sonra...

Pardon. Hesabı getirir misiniz?	Tabii hanımefendi… Buyurun, hesap.
Yemekler çok lezzetliydi.	Afiyet olsun.
Teşekkür ederim. İyi günler.	Güle güle. İyi günler.

Restoran 餐廳

Sorular

	Doğru	Yanlış
1. Restoranda boş masa yok.	☐	☐
2. A, yemekleri çok beğendi.	☐	☐
3. A, tatlı yemek istemiyor.	☐	☐
4. Restoranda içecek yok.	☐	☐
5. A, yemeğini bitirdikten sonra hesabı istiyor	☐	☐

***

V. Gruplama 分類

yiyecek	*masa*	*tatlı*	*içecek*
getirmek	*hesap*	*menü*	

1. Su, çay, kahve, süt, meyve suyu

2. Bardak, tabak, çatal, kaşık

3. Yemek, salata, çorba

4. Almak, gelmek, götürmek

5. Pasta, kek, baklava

6. Müşteri, ödemek, kasa, para

7. Yiyecek, içecek, yemek, seçmek

VI. Konuşma 口說練習

1. Restoranlarda masalar genellikle kaç kişiliktir? Masaların üstünde neler olur?

2. Restoran menülerinde yemeklerden başka neler vardır?

3. Çorba sever misiniz? Genellikle ne çorbası içersiniz? Çorbanın yanında ne yersiniz?

4. Salata yapmayı biliyor musunuz? Salata yapmak için genellikle hangi sebzeleri kullanıyorsunuz?

5. Restoranlarda yemeğin yanında genellikle hangi içecekleri içersiniz?

6. Bazı insanlara göre sağlıksız yiyecekler sağlıklı yiyeceklerden daha lezzetli. Siz ne düşünüyorsunuz?

7. Yemeklerden sonra tatlı yer misiniz? En sevdiğiniz tatlı nedir?

8. Restoranlarda hesabı garson mu getiriyor, yoksa siz mi gidip hesabı ödüyorsunuz?

9. Ülkenizde hesabı yemekten önce mi yoksa sonra mı ödersiniz?

10. Sizce Türk yemekleri lezzetli mi? Hangi Türk yemeklerini biliyorsunuz?

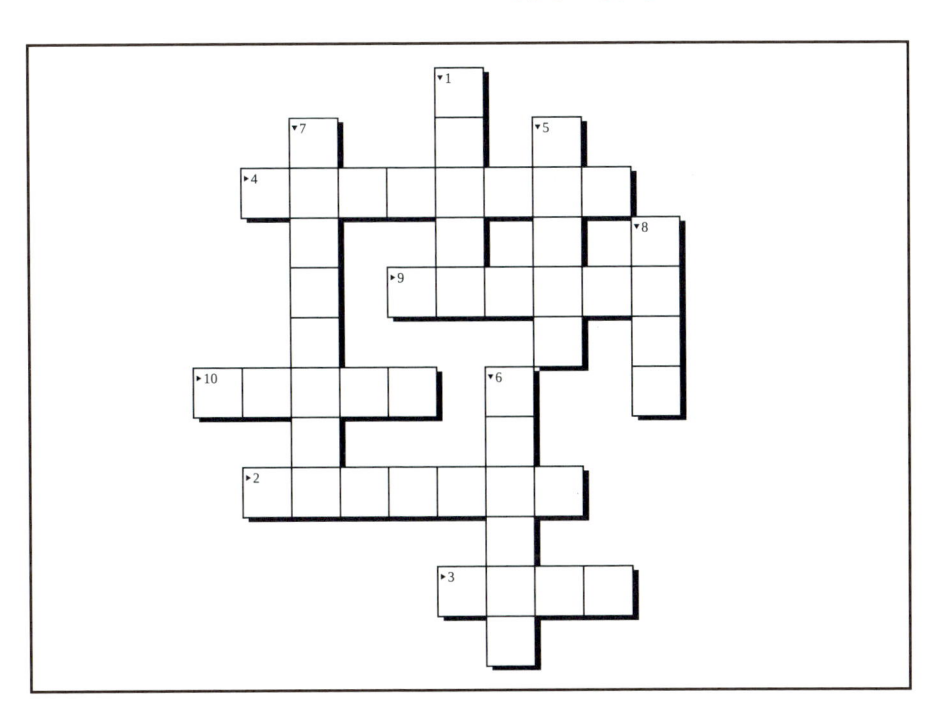

VII. Bulmaca 填字遊戲

1. Sıcak sulu yemek.
2. Meyve, sebze, tatlı, yemek gibi şeylerin genel adı.
3. Yiyecek ve içecek listesi.
4. Bir şeyi başka bir yerden alıp gelmek.
5. Restoranda yemeği yedikten sonra öderiz.
6. Su, kola, ayran gibi şeyler.
7. Tadı ve kokusu güzel yiyecek veya içecek.
8. Etrafında sandalyeler olur. Üstüne tabak, bardak, kaşık gibi şeyler koyarız.
9. Bir yiyecek. İçinde genellikle sebze olur.
10. Şekerli yiyecek.

2. Ev 房子

I. Sözlük 字典

1. Çevre	6. Mutfak
2. Salon	7. Eşya
3. Misafir	8. Banyo
4. Oda	9. Komşu
5. Klima	10. İhtiyaç

1. **Çevre**: Bir şeyin yakını. Etraf.

2. **Salon**: Evin en büyük odası, genellikle oturmak veya misafir ağırlamak için kullanılır.

3. **Misafir**: Bir eve birkaç saat veya birkaç gün kalmak için gelen kişi.

4. **Oda**: Evde insanların oturduğu, uyuduğu veya çalıştığı yer.

5. **Klima**: Odayı soğutan veya ısıtan makine. Genellikle sıcak havalarda kullanılır.

6. **Mutfak**: Yemek yapılan ve bulaşıkların yıkandığı oda.

7. **Eşya**: Evde kullanılan masa, sandalye, koltuk gibi şeyler.

8. **Banyo**: Yıkanmak için kullanılan oda.

9. **Komşu**: Aynı apartmanda veya mahallede yaşayan kişi.

10. **İhtiyaç**: Gerekli şeyler.

II. Örnek Cümleler 例句 (MP3-03)

1. Evimizin çevresinde birkaç restoran ve güzel bir park var.
2. Hafta sonları salonda oturup film izlemeyi seviyorum.
3. Bugün eve misafirler gelecek. Onlar için yemek hazırlıyorum.
4. Kardeşimin odası benimkinden daha büyük.
5. Oda çok sıcak oldu. Klimayı açar mısın?
6. Çamaşır makinesini banyoya, bulaşık makinesini de mutfağa koyalım.
7. Annem yatak odasındaki bazı eşyaları salona getirmek istiyor.
8. Kahvaltıdan sonra banyoda ellerimi yıkadım.
9. Bu sabah apartmandaki yeni komşularımızla tanıştım.
10. Evin bütün ihtiyaçlarını yolun karşısındaki süpermarketten alıyoruz.

***

III. Boşluk Doldurma 填空题

1. Evdeki bazı _____ eskidi, bu yüzden yenilerini alacağız.
2. Eve yeni bir televizyon aldıktan sonra salondaki eski televizyonu benim _____ koyacağız.
3. Yazın ev çok sıcak oluyor, bu yüzden _____ açıyoruz.
4. Babam şimdi _____ duş alıyor.

IV. Diyalog 對話　MP3-04

A (Kadın)	B (Adam)
Yeni evin güzelmiş.	Teşekkür ederim.
Ama salon biraz büyükmüş.	Evet. Çünkü eve çok misafir geliyor.
Evin içi çok sıcak. Odalarda klima yok mu?	Salonda yok, ama diğer odalarda var.
Mutfak biraz küçükmüş.	Benim için sorun değil. Evde yemek yemiyorum.
Eşyalar çok eskiymiş.	Evet, yeni eşyalar alacağım.
Tuvalet ve banyo da birlikteymiş.	Önemli değil. Zaten yalnız yaşıyorum.
Peki, komşularınla tanıştın mı?	Tabii, hepsi çok iyi insanlar.
Evin çevresinde market ve pazar var mı?	Evet. Bütün ihtiyaçlarımı oralardan alıyorum.
Anladım. Güle güle otur.	Sağ ol.

Ev 房子

Sorular

	Doğru	Yanlış
1. Salon dışındaki odalarda klima var.	☐	☐
2. B, akşam yemeklerini mutfakta yiyor.	☐	☐
3. Evdeki eşyalar yeni.	☐	☐
4. Eve çok fazla misafir gelmiyor.	☐	☐
5. B, komşularından memnun.	☐	☐

***

V. Gruplama 分類

oda	banyo	klima	mutfak
çevre	eşya		

1. Soğuk, sıcak, oda

2. Yatak, eşya, salon

3. Etraf, yakın, mahalle

4. Yemek, masa, buzdolabı

5. Duş almak, el yıkamak, yıkanmak

6. Dolap, televizyon, çamaşır makinesi, bulaşık makinesi

VI. Konuşma 口說練習

1. Evinizin çevresinde market, pazar ve restoran gibi yerler var mı? Buralara her gün gidiyor musunuz?

2. Evinizin salonunda hangi eşyalar var? Salonda neler yapıyorsunuz?

3. Evinize çok sık misafir gelir mi? Evinize kimler misafir olarak geliyor? Siz kimlerin evine gidiyorsunuz?

4. Evinizde kaç oda var? Sizin kendi odanız var mı? Odanızda hangi eşyalar var?

5. Yaz aylarında her gün klima kullanıyor musunuz? Sizce uzun süre klima kullanmak zararlı mı?

6. Evinizin mutfağında hangi eşyalar var? Mutfakta neler yapıyorsunuz?

7. Bazı insanlar evde çok eşya sevmezler. Sizin evinizde çok eşya var mı? Sizce evinizdeki en önemli eşyalar hangileri?

8. Banyonuzda hangi eşyalar var? Banyoda neler yapıyorsunuz?

9. Komşularınızı tanıyor musunuz? Onları her gün görüyor musunuz? Onlar nasıl insanlar?

10. Sizce bir evdeki en önemli ihtiyaçlar nelerdir? Şu anda en çok neye ihtiyacınız var?

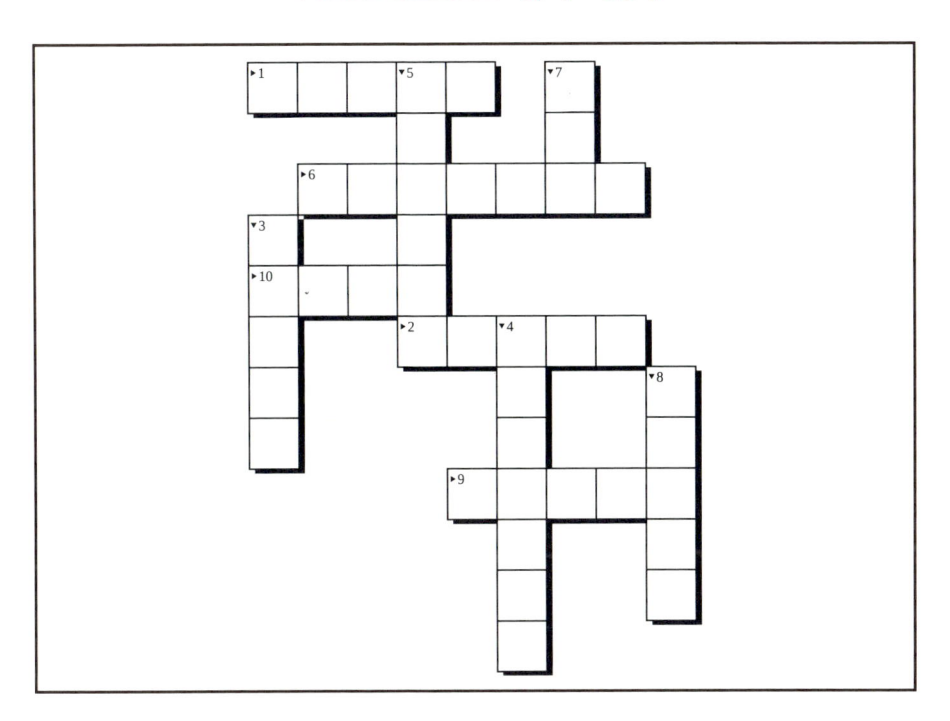

VII. Bulmaca 填字遊戲

1. Bir makine. Genellikle sıcak havalarda açarız.
2. Aynı apartmanda veya aynı mahallede yaşayan insanlar.
3. Bir şeyin yakını, etraf.
4. Evimize gelir. Bir süre kaldıktan sonra kendi evine gider.
5. Evin bir bölümü. Orada yemek yaparız.
6. Gerekli şey.
7. Evin bir bölümü. Uyumak veya çalışmak için kullanırız.
8. Evin bir bölümü. Orada duş alırız.
9. Evin en geniş odası.
10. Buzdolabı, dolap, yatak, çamaşır makinesi gibi şeyler.

3. Mağaza 商店

I. Sözlük 字典

1. Yardımcı olmak	6. Marka
2. Müşteri	7. Yakışmak
3. Rahat	8. İndirim
4. Beden	9. Numara
5. Hoşuna gitmek	10. Denemek

1. **Yardımcı olmak**: Birine yardım etmek.

2. **Müşteri**: Alışveriş yapan kişi.

3. **Rahat**: Kullanması veya giymesi kolay ve keyifli olan.

4. **Beden**: Giysi ölçüsü; M beden, L beden gibi.

5. **Hoşuna gitmek**: Hoşlanmak, beğenmek, sevmek.

6. **Marka**: Bir ürünü yapan şirketin adı.

7. **Yakışmak**: Bir kişiye uygun olmak, onu güzel göstermek.

8. **İndirim**: Bir şeyin normal fiyatından daha düşük fiyata satılması.

9. **Numara**: Ayakkabı ölçüsü; örneğin 38 numara, 41 numara.

10. **Denemek**: Bir giysi veya ürünü satın almadan önce kullanarak kontrol etmek, test etmek.

Mağaza 商店

II. Örnek Cümleler 例句 (MP3-05)

1. Bu mağazadaki satıcılar müşterilere çok yardımcı oluyorlar.
2. İndirim günlerinde mağazaya daha fazla müşteri gelir.
3. Yeni ceketim o kadar rahat ki hiç çıkarmak istemiyorum.
4. Bazı insanlar büyük beden giysiler giymeyi severler.
5. Üstündeki ceket çok hoşuma gitti. Nereden aldın?
6. Ben yıllardır aynı marka ayakkabılar giyiyorum.
7. Kardeşim koyu renkli giysiler giymeyi seviyor, ama bence ona açık renkli giysiler daha çok yakışıyor.
8. Bugün bütün mağazalarda indirim var, her şey çok ucuz.
9. Türkiye'de kadınlar en çok 38 numara ayakkabı giyiyorlar.
10. Bu gömlek çok hoşuma gitti, ama almadan önce denemek istiyorum.

***

III. Boşluk Doldurma 填空题

1. Sence bu gömlek bana _____? Alayım mı?
2. Bugün mağazada bir elbise gördüm, çok _____.
3. Mağaza çok kalabalık, içeride onlarca _____ var.
4. Bu ayakkabı sana büyük oldu. Bence bir _____ küçüğünü alalım.

IV. Diyalog 對話 (MP3-06)

A (Satıcı)	B (Müşteri)
Buyurun, hoş geldiniz. Nasıl yardımcı olabilirim?	Kendime bir tişört almak istiyorum.
Kaç beden giyiyorsunuz?	M beden... Şu tişörte bakabilir miyim?
Tabii, buyurun.	Hmm. Pek hoşuma gitmedi.
Şu markayı deneyebilirsiniz.	Bunu beğendim. Diğerinden daha rahat.
Evet. Bütün müşterilerimiz bu markanın tişörtlerini çok seviyor.	Sizce bana yakıştı mı?
Bence çok yakıştı. Başka bir şey almak ister misiniz?	Evet, bir de ayakkabı alacağım.
Ayakkabılarda bugün indirim var. Kaç numara giyiyorsunuz?	41 numara. Şu siyah ayakkabıyı deneyebilir miyim?

Mağaza 商店

Sorular

	Doğru	Yanlış
1. B, rahat bir tişört almak istiyor.	☐	☐
2. B, mağazadaki markaları beğenmedi.	☐	☐
3. Ayakkabılar bugün her zamankinden daha ucuz.	☐	☐
4. Mağazada sadece tişört satılıyor.	☐	☐
5. Müşteriler mağazadaki tişörtleri pek beğenmiyorlar.	☐	☐

***

V. Gruplama 分類

denemek	*beden*	*marka*	*numara*
hoşuna gitmek	*indirim*		

1. Nike, Adidas, Apple, Samsung vb. ☐

2. Ayakkabı, terlik, bot ☐

3. Giymek, kıyafet, mağaza ☐

4. Şort, gömlek, elbise, pantolon ☐

5. Fiyat, ucuz, mağaza ☐

6. Beğenmek, sevmek, hoşlanmak ☐

VI. Konuşma 口說練習

1. Mağazalarda satıcılardan yardım ister misiniz? Satıcılar müşterilere nasıl yardımcı olurlar?

2. Mağazalarda kadın müşteriler için mi yoksa erkek müşteriler için mi daha fazla kıyafet var? Sizce bunun nedeni nedir?

3. Günlük hayatta rahat kıyafetler giyiyor musunuz? Hangi kıyafetleriniz daha rahat?

4. Kaç beden kıyafet giyiyorsunuz? Mağazalarda kendiniz için kolayca kıyafet bulabiliyor musunuz?

5. Genellikle ne tür kıyafetler giyiyorsunuz? Pantolon, şort, etek, tişört, ceket gibi giysilerden hangileri daha çok hoşunuza gidiyor?

6. Kıyafetlerinizin ve ayakkabılarınızın markası sizin için önemli mi? Hangi marka giysileri ve ayakkabıları daha çok beğeniyorsunuz?

7. En yakın arkadaşınızın kıyafetlerini beğeniyor musunuz? Sizce ona ne tür kıyafetler ve renkler daha çok yakışıyor?

8. Mağazalarda genellikle ne zaman indirim oluyor? En son ne zaman indirimli bir kıyafet aldınız?

9. Kaç numara ayakkabı giyiyorsunuz? Mağazalarda ayakkabı numaranızı kolayca bulabiliyor musunuz?

10. İnternetten kıyafet alır mısınız, yoksa kıyafetlerinizi mağazada denedikten sonra mı alırsınız?

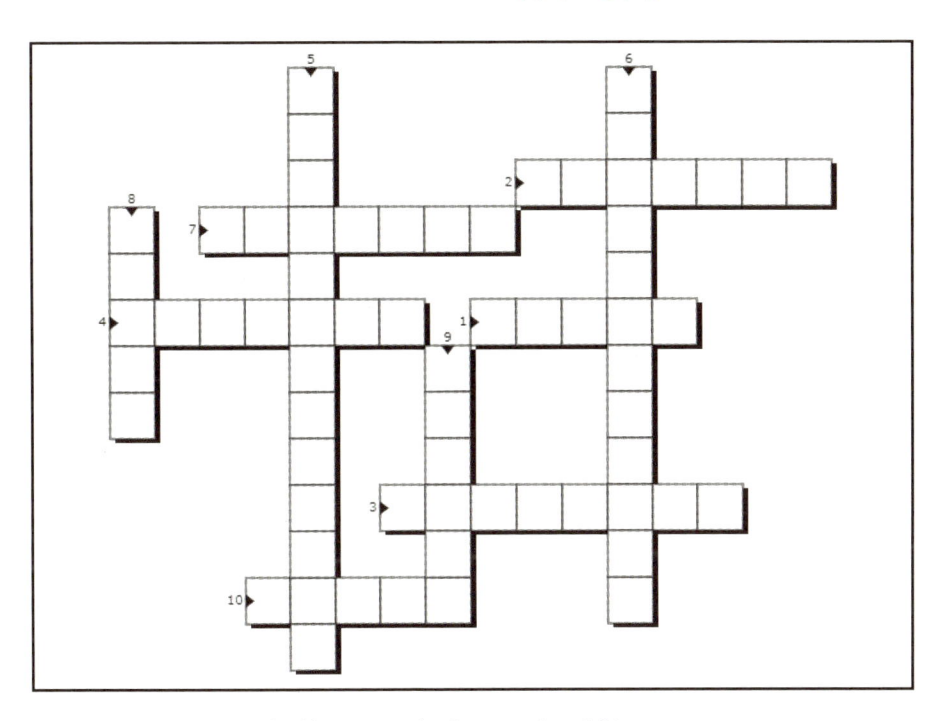

VII. Bulmaca 填字遊戲

1. Giymesi veya kullanması kolay ve keyifli.
2. Mağaza, market veya pazara gidip alışveriş yapar.
3. Uygun, iyi ve güzel olmak (genellikle kıyafet için)
4. Bir giysiyi veya ayakkabıyı giyip bakmak.
5. Yardım etmek.
6. Sevmek. Beğenmek. Hoşlanmak.
7. Bir şeyin eski fiyarından daha ucuz olması.
8. Bir giysinin büyüklüğünü gösterir.
9. Ayakkabının büyüklüğünü gösterir.
10. Bir ürünü yapan şirketin adı. Ürünün veya etiketin üstünde yazar.

4. Hastalık 疾病

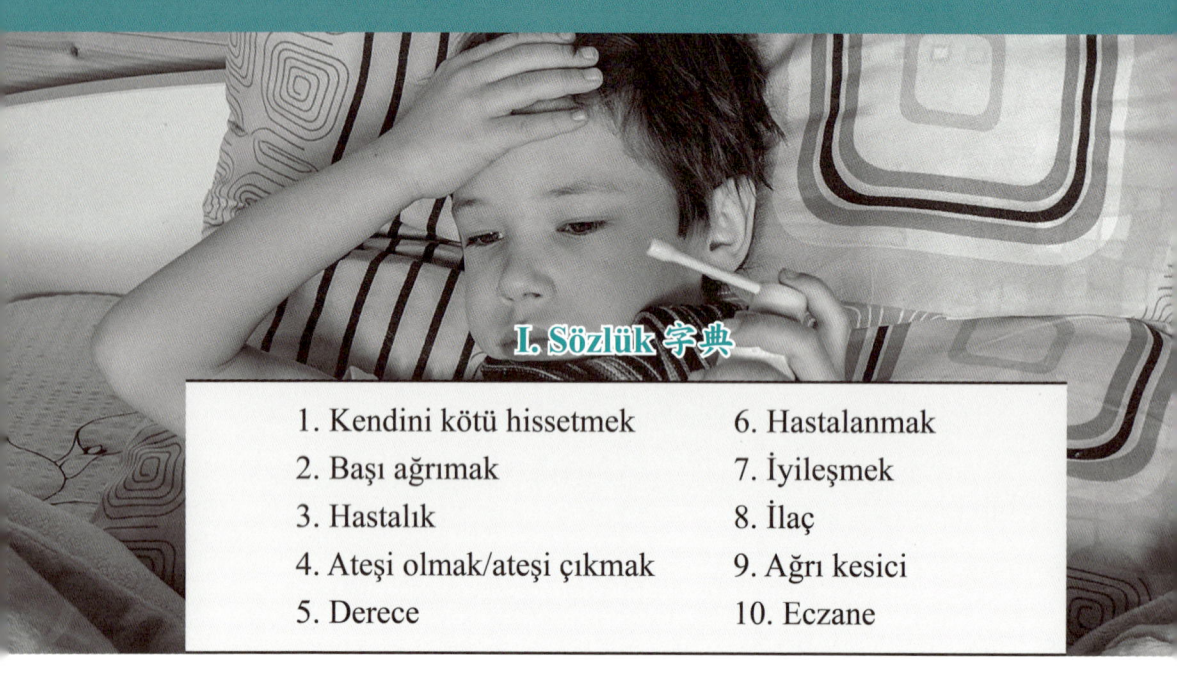

I. Sözlük 字典

1. Kendini kötü hissetmek
2. Başı ağrımak
3. Hastalık
4. Ateşi olmak/ateşi çıkmak
5. Derece
6. Hastalanmak
7. İyileşmek
8. İlaç
9. Ağrı kesici
10. Eczane

1. **Kendini kötü hissetmek**: Yorgun, üzgün, mutsuz veya hasta olmak.

2. **Başı ağrımak**: Başın içinde ağrı hissetmek.

3. **Hastalık**: Vücudun bir yerindeki rahatsızlık, problem.

4. **Ateşi olmak/ateşi çıkmak**: Vücut sıcaklığının yükselmesi.

5. **Derece**: Sıcaklığı ölçmek için kullanılan birim; 37 derece, 40 derece gibi.

6. **Hastalanmak**: Sağlığı bozulmak, hasta olmak.

7. **İyileşmek**: Hastalığı geçmek, tekrar sağlıklı olmak.

8. **İlaç**: Hastalığı geçirmek için, iyileşmek kullanılan şey.

9. **Ağrı kesici**: Ağrıyı azaltan veya durduran ilaç.

10. **Eczane**: İlaçların satıldığı yer.

II. Örnek Cümleler 例句 （MP3-07）

1. Bugün kendimi kötü hissediyorum. Sanırım hasta olacağım.

2. Dün gece iyi uyumadım, bu yüzden bugün başım ağrıyor.

3. Günümüzde birçok hastalığın sebebi yorgunluk ve strestir.

4. Dün sabah ateşim yoktu, akşam ise birden 40 dereceye çıktı.

5. Sağlıklı bir insanın vücut sıcaklığı ortalama 37 derecedir.

6. Kışın hastalanmamak için bol bol meyve, sebze yiyorum ve bitki çayları içiyorum.

7. Geçen hafta grip oldum, ama üç günde iyileştim.

8. Sabahleyin ilaçlarımı içmeyi unuttum, bu yüzden kendimi kötü hissediyorum.

9. Böyle havalarda başım ağrıyor. Eczaneye gidip bir ağrı kesici alacağım.

10. Okulun yanındaki eczane bugün kapalı. İlaçlarımı alamadım.

***

III. Boşluk Doldurma 填空题

1. Bugün kendimi _____, sanırım grip oldum.

2. _____ 40 derece. Hemen doktora gitmem lazım.

3. Biraz başım ağrıyor. Eczaneye gidip bir _____ alacağım.

4. _____ içtikten sonra kendimi daha iyi hissetmeye başladım.

IV. Diyalog 對話 （MP3-08）

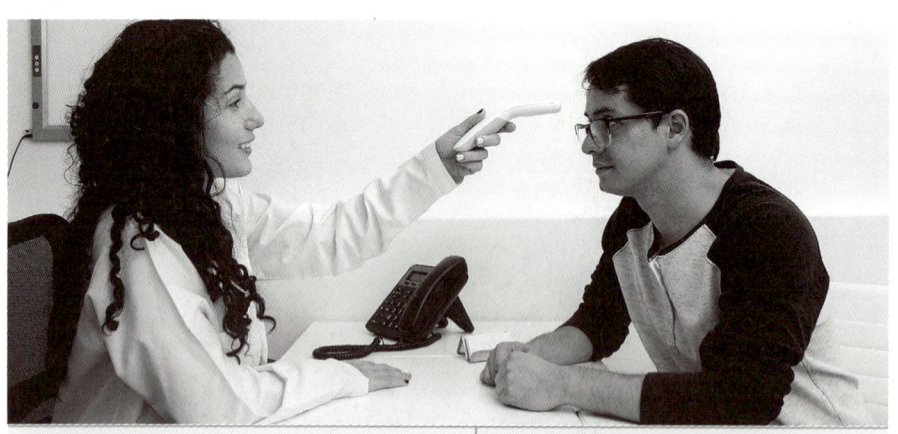

A (Doktor)	B (Hasta)
Buyurun, neyiniz var?	Kendimi kötü hissediyorum doktor hanım.
Ağrınız var mı?	Evet. Başım ağrıyor, biraz da boğazım ağrıyor.
Hastalığınız ne zaman başladı?	İki gün önce.
Ateşiniz var mı?	Evet, 38 derece. Ama dün gece 41 dereceye çıktı.
Çok sık hastalanır mısınız?	Hayır, çok az hastalanıyorum ve hemen iyileşiyorum.
Anlıyorum. Lütfen ağzınızı açın... Hmm.	Neyim var doktor hanım?
Önemli bir şey değil, grip olmuşsunuz.	Bir ilaç yazacak mısınız?
Size sadece ağrı kesici yazıyorum.	Anladım doktor hanım. Yakınlarda eczane var mı?
Caddenin karşısında bir eczane var. Oradan alabilirsiniz.	Çok teşekkür ederim.

Hastalık 疾病

Sorular

	Doğru	Yanlış
1. B'nin başı ağrıyor, ama kendisini iyi hissediyor.	☐	☐
2. B'nin ateşi 41 derece.	☐	☐
3. Doktor B'ye yalnızca ağrı kesici yazıyor.	☐	☐
4. B, ayda bir kez hastalanıyor.	☐	☐
5. B, ilacını eczaneden alacak.	☐	☐
6. B'nin önemli bir hastalığı yok.	☐	☐

***

V. Gruplama 分类

derece   ilaç   ağrı kesici   eczane
hastalanmak   hastalık

1. Sağlığı bozulmak, kötü hissetmek ☐

2. Eczane, içmek, iyileşmek ☐

3. İlaç, baş ağrısı, karın ağrısı ☐

4. Ateş, sıcaklık, hastalık ☐

5. İlaç, satmak, reçete ☐

6. Grip, nezle, kanser, rahatsızlık ☐

VI. Konuşma 口說練習

1. Uzun süre çalıştıktan sonra veya az uyuduktan sonra kendinizi kötü hissediyor musunuz? Kendinizi başka ne zaman kötü hissediyorsunuz?

2. Başınız ne zaman ağrır? Böyle zamanlarda neler yaparsınız?

3. Ülkenizdeki en yaygın hastalıklar hangileridir? Sizce bu hastalıkların nedenleri nelerdir?

4. Hastayken ateşiniz çıkıyor mu? Böyle zamanlarda doktora gidiyor musunuz?

5. Daha önce ateşiniz en çok kaç dereceye çıktı? Ne yaptınız?

6. İnsanlar neden hastalanırlar? Siz hastalanmamak için neler yapıyorsunuz?

7. Çok sık hastalanıyor musunuz? Hastayken iyileşmek için neler yapıyorsunuz?

8. Sizce ilaç içmeden iyileşmek mümkün mü? Siz çok ilaç içiyor musunuz?

9. Evinizde ağrı kesici var mı? Ağrı kesici ilaçları ne zaman kullanıyorsunuz?

10. Ülkenizde eczaneler her zaman açık mı? En son ne zaman eczaneye gittiniz? Oradan ne aldınız?

VII. Bulmaca 填字遊戲

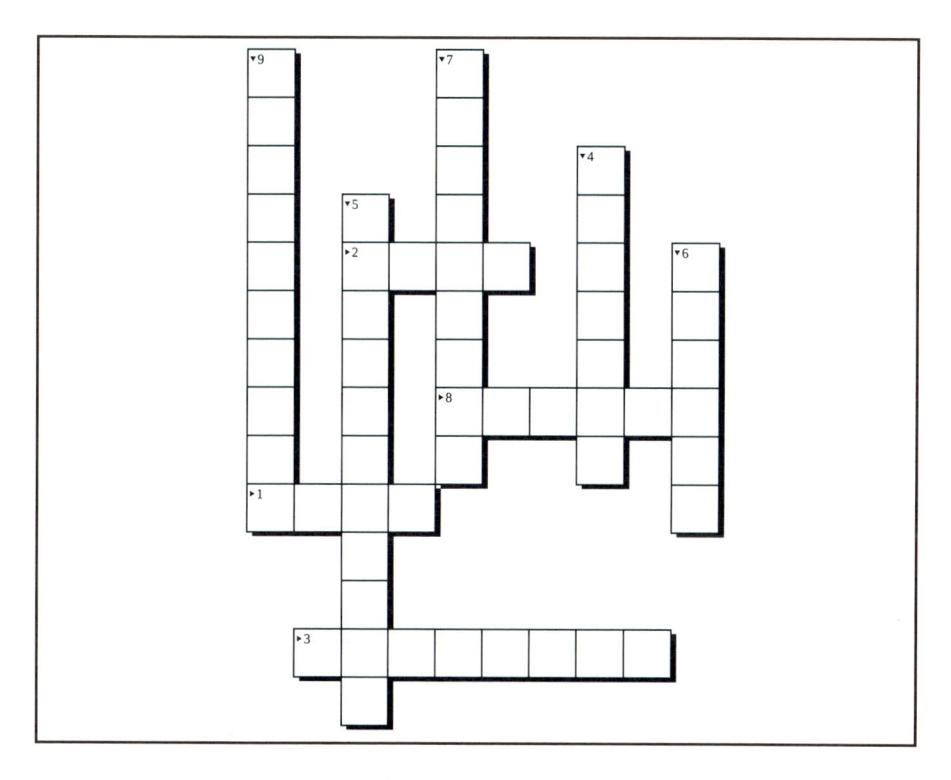

1. Eczaneden satın alırız. İyileşmek için içeriz.
2. Vücut sıcaklığının yüksek olması.
3. Grip, nezle, kanser gibi sağlık sorunlarının genel adı.
4. Vücudun bir yerinde ağrı olması.
5. Sağlığı bozulmak.
6. Sıcaklık ölçüsü. Vücut sıcaklığını gösterir.
7. Hastalıktan çıkmak.
8. İlaç satılan yer.
9. Bir tür ilaç. Baş ağrısından kurtulmak için içeriz.

5. Hava 天氣

I. Sözlük 字典

1. Hava durumu	6. Sıcaklık
2. Açık hava	7. Değişmek
3. Kalın giyinmek	8. Isınmak
4. Üşümek	9. Soğumak
5. Derece	10. İklim

1. **Hava durumu**: Günlük hava bilgisi; sıcaklık, yağmur veya rüzgâr tahmini.

2. **Açık hava**: Bulutsuz ve güneşli hava. Kapalı havanın zıt anlamlısı.

3. **Kalın giyinmek**: Soğuk havalarda üşümemek için sıcak tutan giysiler giymek.

4. **Üşümek**: Soğuğu hissetmek ve bundan rahatsız olmak.

5. **Derece**: Sıcaklığı ölçmek için kullanılan birim; 10 derece, 25 derece gibi.

6. **Sıcaklık**: Havanın sıcak ya da soğuk olma durumu.

7. **Değişmek**: Bir şeyin eski durumuna göre farklı olması.

8. **Isınmak**: Havanın veya bir şeyin daha sıcak olması.

9. **Soğumak**: Havanın veya bir şeyin daha soğuk olması.

10. **İklim**: Bir yerin uzun süreli hava özellikleri.

Hava 天氣

II. Örnek Cümleler 例句 (MP3-09)

1. Sabahları evden çıkmadan önce hava durumuna bakıyorum.
2. Açık ve güneşli havalarda kendimi daha mutlu hissediyorum.
3. Kış aylarında kalın giyinmek lazım, yoksa hastalanabiliriz.
4. Dün gece hava çok soğuktu, bu yüzden biraz üşüdüm.
5. Dışarıda hava 35 derece, ama evin içi serin.
6. Türkiye'nin güneyindeki şehirlerde yazın sıcaklık yüksek olur.
7. Son yıllarda mevsimler değişti. Artık birçok yerde kışın kar yağmıyor.
8. Havalar ısınmaya başladı. Artık herkes ince ve kısa giysiler giyiyor.
9. Sabah hava iyiydi, ama öğleden sonra birden soğudu.
10. Son yıllarda bütün dünyada iklim değişiyor, sıcaklıklar artıyor.

***

III. Boşluk Doldurma 填空題

1. Hava soğuk, _____. Bir sıcak kahve içeceğim.
2. Havalar ağustostan sonra _____ başlayacak.
3. Hava durumuna göre bugün hava 35 _____.
4. Soğuk havalarda üşümemek için _____ lazım.

IV. Diyalog 對話 （MP3-10）

A (1. Adam)	B (2. Adam)
Oğuz, bu hafta hava nasıl olacak?	Bir hafta boyunca yağmurlu olacak.
Bence bugün yağmur yağmaz. Baksana, hava açık!	Hava durumuna göre öğleden sonra yağacakmış.
Peki, o zaman şemsiyelerimizi alalım.	Evet, şemsiyesiz dışarı çıkmamak lazım.
Neden kalın giyindin? Üşüyor musun?	Evet, üşüyorum. Bugün sen de kalın giyin. Yoksa hasta olursun.
Hava kaç derece?	11 derece.
Dün 18 dereceydi. Sıcaklık her gün değişiyor.	Doğru. Bir gün yaz, bir gün kış gibi.
Yarın da hava soğuk mu olacak?	Hayır, yarın hava tekrar ısınacak.
Bir gün ısınıyor, bir gün soğuyor. Eskiden böyle değildi.	Doğru söylüyorsun. İklim değişiyor. Hiçbir şey eskisi gibi değil.

Hava 天氣

Sorular

	Doğru	Yanlış
1. Hava durumuna göre öğleden sonra hava açık olacak.	☐	☐
2. Bütün hafta yağmur yağacak.	☐	☐
3. Hava çok sıcak, bu yüzden B kalın giyindi.	☐	☐
4. Eskiden hava sıcaklığı her gün değişiyordu.	☐	☐
5. Dün bugünden daha soğuktu.	☐	☐
6. Bugün yağmur yağacak, bu yüzden dışarı şemsiyesiz çıkmamak lazım.	☐	☐

***

V. Gruplama 分類

derece   kalın giyinmek   soğumak   hava durumu   ısınmak

1. Sıcak, terlemek, yaz

2. Soğuk, üşümek, kış

3. Mont, palto, kazak, şapka

4. Yağmur, kar, rüzgâr, fırtına

5. Sıcaklık, yüksek, düşük

VI. Konuşma 口說練習

1. Sabahları evden çıkmadan önce hava durumuna bakıyor musunuz? Bugün hava durumuna baktınız mı? Hava nasıl olacak?

2. Açık ve güneşli havalarda neler yapıyorsunuz? Kapalı havalarda kendinizi nasıl hissediyorsunuz?

3. Hangi aylarda kalın, hangi aylarda ince giyiniyorsunuz? Kalın giysileri mi yoksa ince giysileri mi daha çok seviyorsunuz?

4. Kış aylarında çok üşüyor musunuz? Isınmak için neler yapıyorsunuz?

5. Ülkenizin en sıcak ve en soğuk şehirleri hangileridir? Bu şehirlerde sıcaklıklar en fazla ve en az kaç derece oluyor?

6. Son yıllarda, dünya ısınıyor, sıcaklıklar artıyor. Sizce bu kötü bir şey mi?

7. Bazı insanlara göre eskiden yaz ve kış mevsimleri daha farklıydı. Sizce de son yıllarda mevsimler değişti mi?

8. Ülkenizde havalar hangi ayda ısınmaya başlıyor? Sıcak havalarda hangi kıyafetleri giyiyorsunuz?

9. Ülkenizde havalar hangi ayda soğumaya başlıyor? Soğuk havalarda hangi kıyafetleri giyiyorsunuz?

10. Ülkenizin iklimi hakkında neler söyleyebilirsiniz?

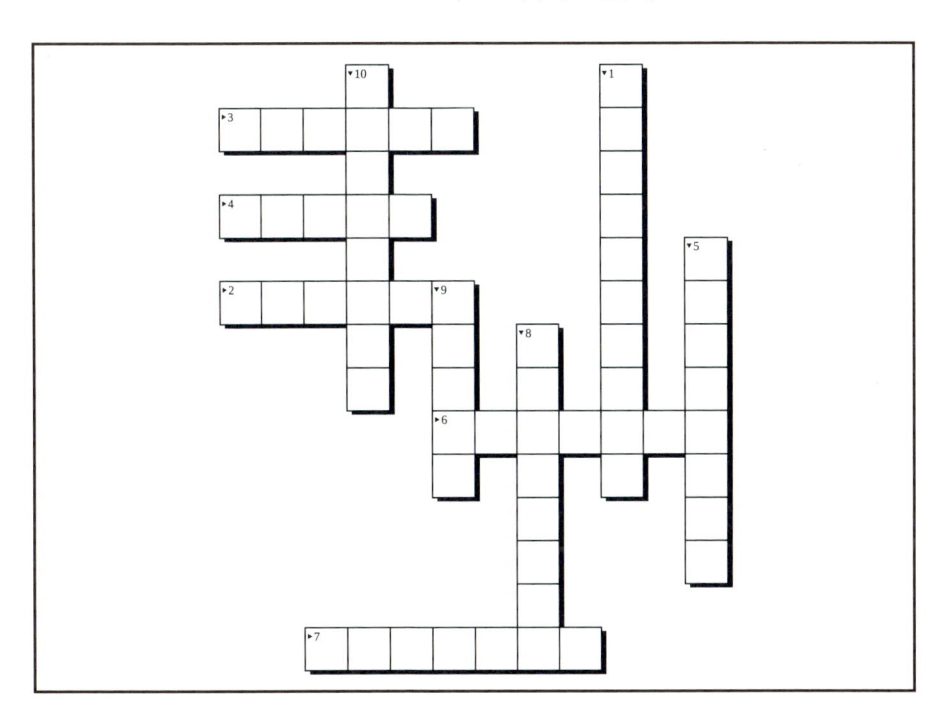

VII. Bulmaca 填字遊戲

1. Hava raporu. Meteoroloji.
2. Soğuk hissetmek.
3. Sıcaklık ölçüsü. Havanın ne kadar sıcak olduğunu gösterir.
4. Bir ülkedeki havanın genel özelliği.
5. Yazın artar, kışın azalır.
6. Havanın sıcak olmaya başlaması.
7. Havanın soğuk olmaya başlaması.
8. Güneşli, güzel hava. Kapalı olmayan hava.
9. Soğuk havalarda nasıl giyiniriz?
10. Eskisinden farklı olmak. Yeni bir şekil almak.

6. Tamir 修理

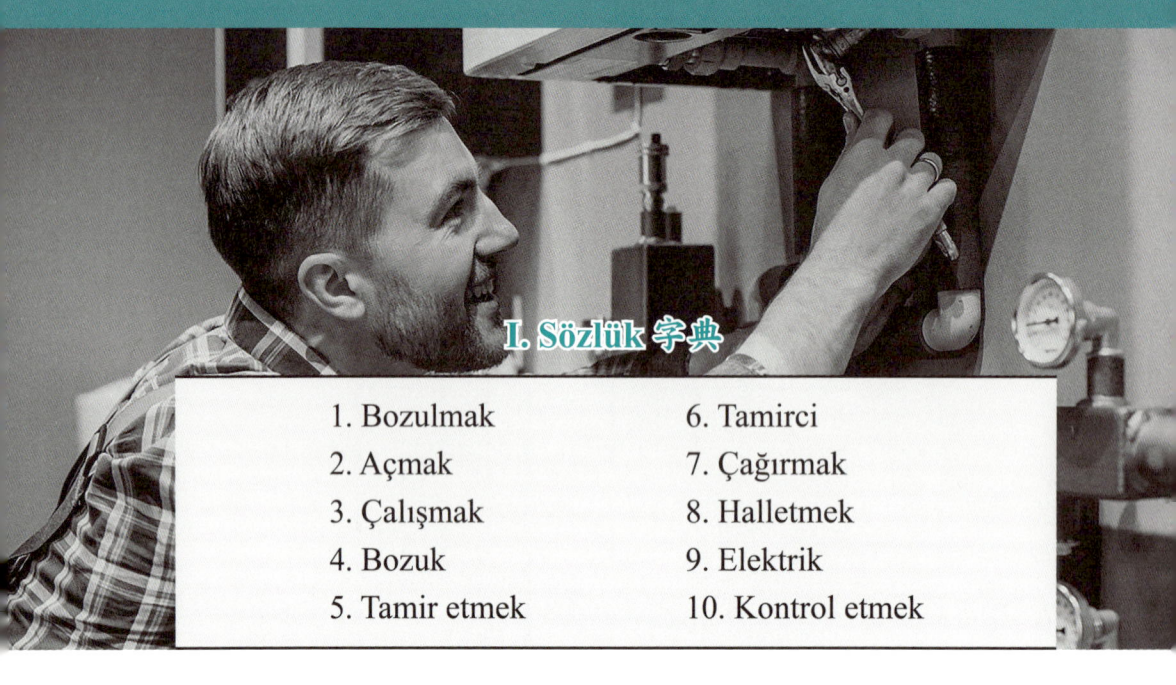

I. Sözlük 字典

1. Bozulmak	6. Tamirci
2. Açmak	7. Çağırmak
3. Çalışmak	8. Halletmek
4. Bozuk	9. Elektrik
5. Tamir etmek	10. Kontrol etmek

1. **Bozulmak**: Bir şeyin artık iyi şekilde çalışmaması.

2. **Açmak**: Bir elektronik aleti çalıştırmak için düğmesine basmak.

3. **Çalışmak**: Elektronik bir aletin iş yapması.

4. **Bozuk**: İyi çalışmayan veya hiç çalışmayan.

5. **Tamir etmek**: Bozuk bir şeyi düzeltmek, yeniden çalıştırmak.

6. **Tamirci**: Bozuk eşyaları düzelten, tamir eden kişi.

7. **Çağırmak**: Bir kişiden gelmesini istemek, onu davet etmek.

8. **Halletmek**: Bir sorunu çözmek.

9. **Elektrik**: Elektronik aletlerin çalışması için gerekli enerji.

10. **Kontrol etmek**: Bir şeyin sorununu anlamak için bakmak, incelemek.

Tamir 修理

II. Örnek Cümleler 例句 (MP3-11)

1. Arabam bozuldu, on gündür işe otobüsle gidiyorum.

2. Televizyonu açar mısın? Biraz sonra haberler başlayacak.

3. Bilgisayarım iyi çalışmıyor, çok yavaş açılıyor ve ekranı sürekli donuyor.

4. Salondaki saat bozuk değil, sadece pili bitmiş.

5. Mutfaktaki bozuk fırını tamir ettim, şimdi çok iyi çalışıyor.

6. Arabamın altından ses geliyor. Hafta sonu tamirciye gitmem lazım.

7. Dün salondaki klima bozuldu, bu yüzden bir tamirci çağırdık.

8. Ofisteki işlerimi hallettikten sonra yemeğe gideceğim.

9. Televizyon ve çamaşır makinesi gibi ev eşyaları elektrikle çalışır.

10. Bilgisayarımdan çok ses geliyor. İçini açıp kontrol etmem lazım.

***

III. Boşluk Doldurma 填空题

1. Apartmandaki asansör _____, yarın bir tamirci çağırmamız lazım.

2. Bilgisayarım iyi çalışmıyordu. Kapatıp tekrar _____, çalışmaya başladı.

3. Ben genellikle bütün işlerimi kendim _____.

IV. Diyalog 對話

A (Baba)	B (Kız)
Çiğdem, televizyonu açar mısın? Biraz sonra film başlayacak.	Televizyon bozuldu baba, çalışmıyor.
Nasıl bozuldu? Dün akşam çalışıyordu!	Bilmiyorum. Sabah açmak istedim, açamadım.
Peki, o zaman tamir edeyim.	Baba, bence tamirci çağıralım.
Gerek yok. Ben hallederim.	O zaman sana yardım edeyim.
Tamam. Önce elektriği kontrol edelim.	Aaa! Baba, elektrik yok!
Ama mutfakta buzdolabı çalışıyor.	Diğer odalarda elektrik var. Sadece bu odada yok.
O zaman televizyon bozuk değilmiş. Filmi diğer odada izleyebilirim!	Evet, ama elektrik ne olacak?
Önemli değil. Filmden sonra bakarız.	Peki baba. Sen bilirsin.

Tamir 修理

Sorular

	Doğru	Yanlış
1. A, televizyonu tamir etmeyi düşünüyor.	☐	☐
2. Televizyon bozuk, bu yüzden tamirci çağıracaklar.	☐	☐
3. Evde sadece bir odada elektrik var.	☐	☐
4. A ve B birlikte televizyonu tamir ettiler.	☐	☐
5. B, televizyonu açmak istedi, ama açamadı.	☐	☐
6. Televizyonu tamir etmeden önce elektriği kontrol etmek istiyorlar.	☐	☐

***

V. Gruplama 分类

çağırmak   bozulmak   kontrol etmek   halletmek
açmak

1. Bakmak, göz atmak, gözden geçirmek ☐

2. Yapmak, bitirmek, çözmek ☐

3. Davet etmek, gelmesini istemek ☐

4. Kötü olmak, çalışmamak ☐

5. Çalıştırmak, başlatmak, kapatmak ☐

VI. Konuşma 口說練習

1. Evinizdeki eşyalar çok sık bozuluyor mu? Böyle durumlarda ne yapıyorsunuz?

2. Bilgisayarınızı açtıktan sonra genellikle neler yapıyorsunuz? Evdeki hangi eşyalarınızı kumandayla, hangilerini elinizle açıyorsunuz?

3. Evinizdeki bütün elektronik eşyalar iyi çalışıyor mu? Yıllarca bozulmadan çalışan eşyalarınız var mı?

4. Evinizde bozuk eşya var mı? Bozuk eşyaları ne yapıyorsunuz?

5. Bozuk eşyalarınızı kendiniz mi tamir ediyorsunuz yoksa tamirci mi çağırıyorsunuz? Bugüne kadar hiçbir eşyayı tamir ettiniz mi?

6. Sizce tamirci olmak zor mu? Tamirci olmak için üniversite okumak gerekli mi? Siz tamirci olmak ister misiniz?

7. En son ne zaman ve neden bir tamirci çağırdınız veya tamirciye gittiniz?

8. Evde veya iş yerinde başka insanlardan yardım ister misiniz? Yoksa bütün işlerinizi kendiniz mi halledersiniz?

9. Evinizdeki hangi eşyalar elektrikle çalışıyor? Siz günlük hayatta en çok hangilerini kullanıyorsunuz?

10. Evden çıkmadan önce hangi eşyaları kontrol ediyorsunuz?

Tamir 修理

VII. Bulmaca 填字遊戲

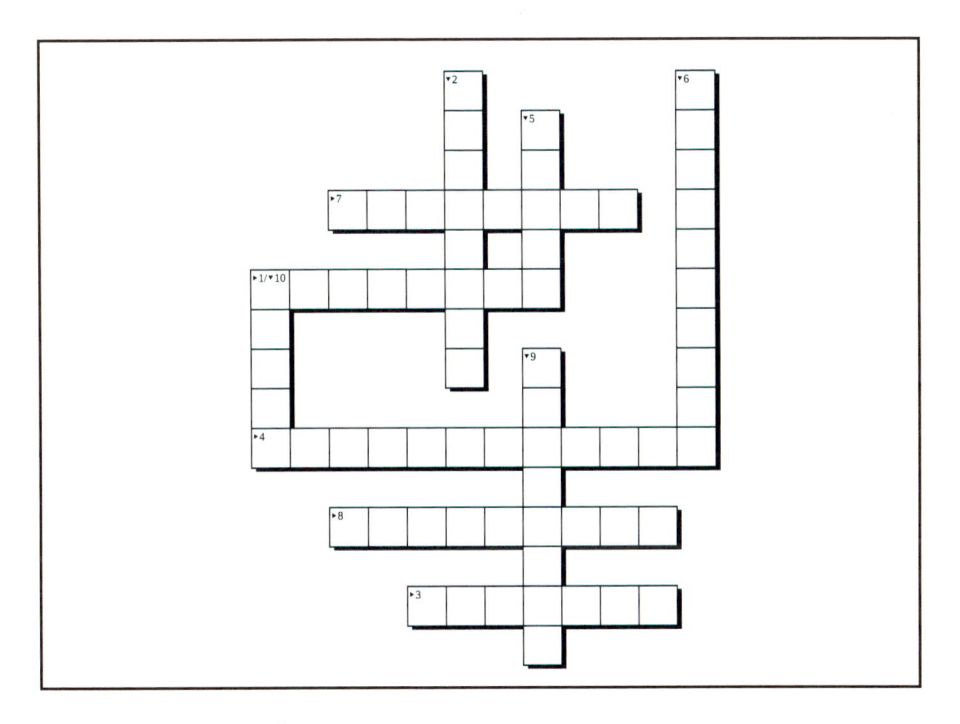

1. Bozuk olmak. İyi çalışmamak (eşya, makine için)
2. Elektronik bir aletin iş yapması.
3. Bozuk eşyaları tamir eder. Usta.
4. Bir şeye dikkatlice bakmak.
5. Bir makineyi çalıştırmak.
6. Bozuk bir şeyi düzeltmek.
7. Bir kişiyi davet etmek, gelmesini istemek.
8. Bir sorunu çözmek. Bir işi yapmak, bitirmek.
9. Bir tür enerji. Elektronik aletler onunla çalışır.
10. İyi çalışmayan veya hiç çalışmayan, problemli.

7. Sağlık 健康

I. Sözlük 字典

1. Kilo almak	6. Beslenmek
2. Kilo	7. Zararlı
3. Zayıflamak	8. Zararlı alışkanlık
4. Diyet yapmak	9. Bırakmak
5. Sağlıklı	10. Sigara içmek

1. **Kilo almak**: Daha kilolu olmak, şişmanlamak.

2. **Kilo**: Ağırlık ölçüsü, kilogram.

3. **Zayıflamak**: Zayıf olmak, kilo vermek.

4. **Diyet yapmak**: Sağlıklı olmak veya kilo vermek için dikkatli beslenmek.

5. **Sağlıklı**: Sağlığı iyi olan kişi; sağlık için faydalı yiyecek, içecek.

6. **Beslenmek**: Yemek yemek ve içmek.

7. **Zararlı**: Faydasız, kötü olan şey.

8. **Zararlı alışkanlık**: Sigara içmek, alkol almak, uyuşturucu kullanmak gibi kötü alışkanlıklar.

9. **Bırakmak**: Bir şeyi artık yapmamak, bir alışkanlığı bitirmek.

10. **Sigara içmek**: Sigara kullanmak.

Sağlık 健康

II. Örnek Cümleler 例句 MP3-13

1. Tatilde çok kilo aldım, bu yüzden diyete başlayacağım.

2. Geçen ay 70 kiloydum. Bir ayda dört kilo aldım.

3. Hem diyet hem de spor yapıyorum, ama zayıflayamıyorum.

4. Bir aydır diyet yapıyorum ve şimdiye kadar 5 kilo verdim.

5. Doktorlara göre beyaz et kırmızı etten daha sağlıklı.

6. Sağlıklı olmak için sağlıklı beslenmek gerekir.

7. Marketlerdeki şekerli ve yağlı yiyecekler sağlığa zararlıdır.

8. Sigara içmek, en yaygın zararlı alışkanlıklardan biridir.

9. Alkolü bıraktıktan sonra kendimi daha iyi hissetmeye başladım.

10. Babam her gün en az bir paket sigara içiyor.

***

III. Boşluk Doldurma 填空题

1. Kilo vermek _____ kadar kolay değil.

2. Eskiden sigara ve içki içiyordum. Ama bu _____ bıraktım. Artık daha sağlıklı bir insanım.

3. Doktorlara göre günde iki bardaktan fazla kahve içmek sağlığa _____.

4. _____ ve spor yapmadan zayıflayamazsınız.

IV. Diyalog 對話 (MP3-14)

A (Adam)	B (Kadın)
Son zamanlarda çok kilo aldım.	Yaa, ben de! Geçen yıl 70 kiloydum. Şimdi 80 kiloyum.
Zayıflamak için diyet yapacağım.	Ben de. Artık daha az yemek yiyeceğim.
Bundan sonra zararlı şeyler yemeyeceğim.	Ben de. Artık sağlıklı besleneceğim.
Ayrıca spora başlayacağım.	Ben de. Artık her akşam parkta koşacağım.
Sağlıklı olmak için bundan sonra daha iyi uyuyacağım.	Ben de. Artık akşam erken yatıp sabah erken kalkacağım.
Şimdiye kadar hep az su içtim. Bundan sonra daha çok su içeceğim.	Ben de. Artık her gün en az iki litre su içeceğim.
Zararlı alışkanlıklarımı da bırakacağım.	Ben de. Artık sigara ve içki içmeyeceğim.

Sağlık 健康

Sorular

	Doğru	Yanlış
1. B, bir yıl içinde on kilo aldı.	☐	☐
2. B'nin hiç zararlı alışkanlığı yok.	☐	☐
3. Sağlıklı olmak için diyet yapmak kadar su içmek de önemlidir.	☐	☐
4. B, geçen yıl zayıflamaya karar verdi.	☐	☐
5. A, zayıflamak için artık daha fazla yemek yiyecek.	☐	☐
6. A'ya göre uyku ile sağlık arasında ilişki yok.	☐	☐

***

V. Gruplama 分类

zararlı   zayıflamak   beslenmek   diyet yapmak   bırakmak

1. Kilo vermek, diyet yapmak ☐
2. Yemek, içmek, doymak, sağlık ☐
3. Faydalı, yararlı, kötü ☐
4. Zayıflamak, sağlıklı beslenmek ☐
5. Vazgeçmek, terk etmek, yapmamak ☐

VI. Konuşma 口說練習

1. Kilo almak veya kilo vermek için neler yapıyorsunuz?

2. Sizin için ideal kilo nedir? Geçen yıl kaç kiloydunuz? Bir yıl içinde kaç kilo aldınız veya kaç kilo verdiniz?

3. İnsanlar neden zayıflamak ister? Sizce zayıf olmak önemli mi? Neden?

4. Sağlıklı bir insan mısınız? Sizce sağlıklı olmak için neler yapmak lazım? Siz sağlıklı olmak için neler yapıyorsunuz?

5. Diyet yapıyor musunuz? Diyetteyken neler yapmak lazım, neler yapmamak lazım?

6. Sizce "sağlıklı beslenmek" ne demektir? Siz sağlıklı besleniyor musunuz? Genellikle ne tür yemekler yiyorsunuz?

7. Sizce ne tür yiyecek ve içecekler sağlığa zararlıdır? Siz zararlı şeyler yiyip içiyor musunuz?

8. Zararlı alışkanlıklar (kötü alışkanlıklar) nelerdir? Sizin zararlı alışkanlıklarınız var mı? Çevrenizdeki insanların ne tür zararlı alışkanlıkları var?

9. Sizce bir alışkanlığı bırakmak kolay mı? Siz hangi alışkanlığınızı bırakmak isterdiniz?

10. Arkadaşlarınız sigara içiyor mu? Sizce insanlar neden sigaraya başlar? Ülkenizde insanlar hangi yaşlarda sigaraya başlıyorlar?

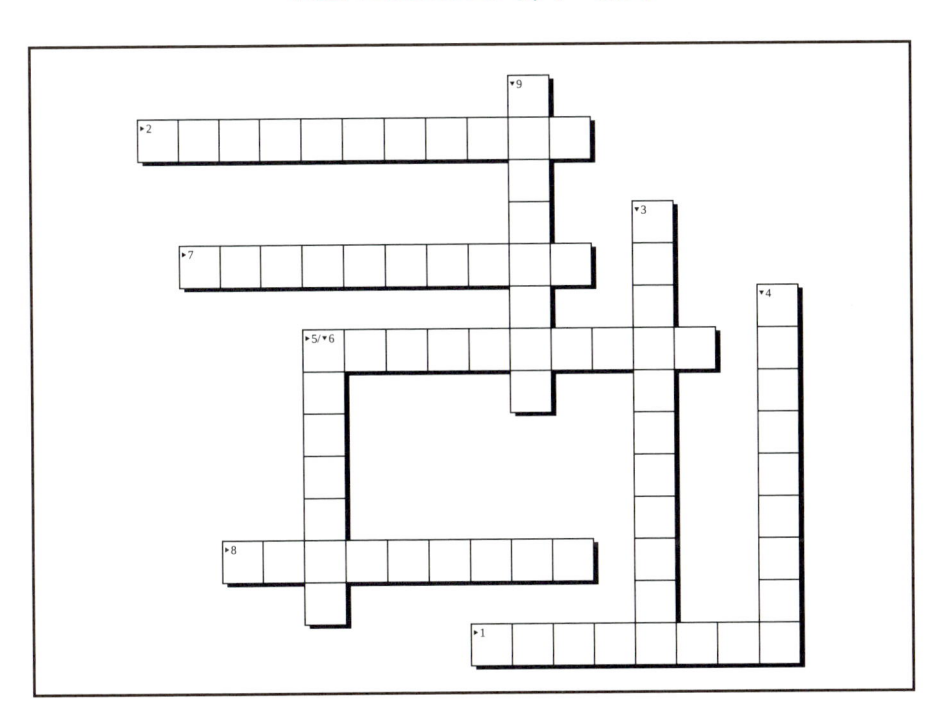

VII. Bulmaca 填字遊戲

1. Devam eden bir davranışı veya alışkanlığı durdurmak, sonlandırmak.
2. Zayıflamak için sağlıklı yiyecekler yemek.
3. Sağlığa zararlı bir alışkanlık.
4. Aç kalmamak için, sağlıklı olmak için bir şeyler yiyip içmek.
5. Kilo vermek.
6. Sağlığa faydalı olmayan, kötü.
7. Her zaman yaparız. Onu bırakmak bazen zordur.
8. Şişmanlamak, kilolu olmak.
9. Sağlık için faydalı (yiyecek). Sağlığı iyi (insan).

8. Trafik 交通

I. Sözlük 字典

1. Ehliyet
2. Sürmek
3. Trafik
4. Trafik kuralları
5. Kurallara uymak
6. Kaza
7. Güvenli
8. Yer vermek
9. Kaçırmak
10. İnmek

1. **Ehliyet**: Araba, otobüs, motosiklet gibi araçları sürmek için gerekli belge; sürücü belgesi.

2. **Sürmek**: Araba veya otobüs gibi bir aracı kullanmak.

3. **Trafik**: Yollarda araçların çok olması, yavaş gitmesi veya durması.

4. **Trafik kuralları**: Yollarda araçların ve yayaların güvenli yolculuk etmesi için gerekli kurallar.

5. **Kurallara uymak**: Kurallara göre davranmak, kuralları takip etmek.

6. **Kaza**: Araçların çarpıştığı, zarar gördüğü veya insanların yaralandığı olay.

7. **Güvenli**: Tehlikeli olmayan, tehlikeden uzak.

8. **Yer vermek**: Otobüs, metro, tren gibi araçlarda başka kişilere kendi koltuğunu vermek.

9. **Kaçırmak**: Zamanında yetişememek, geç kalmak.

10. **İnmek**: Araba, otobüs gibi araçlardan dışarı çıkmak.

Trafik 交通

II. Örnek Cümleler 例句 (MP3-15)

1. Ehliyet almak için en az 18 yaşında olmak gerekir.

2. Araba sürmeyi biliyorum, ama motosiklet süremiyorum.

3. Sabahları saat 7:00 ve 09:00 arasında çok trafik oluyor.

4. Kırmızı ışıkta durmak ve yeşil ışıkta geçmek en önemli trafik kurallarındandır.

5. Güvenli yolculuk için trafik kurallarına uymak gerekir.

6. Dün bu yolda trafik kazası oldu, birkaç kişi yaralandı.

7. Uçaklar en güvenli ulaşım araçlarıdır.

8. Otobüste yaşlı insanlara ve çocuklu ailelere mutlaka yer veririm.

9. Sabah otobüsü kaçırdım, bu yüzden işe taksiyle geldim.

10. Son durakta bütün yolcular otobüsten indiler.

***

III. Boşluk Doldurma 填空題

1. Sabah çok _____ vardı, bu yüzden derse geç kaldım.

2. Bence motosiklet araba kadar _____ değil.

3. Araba _____ biliyorum, ama henüz ehliyetim yok.

4. Trafik _____ genellikle gece saatlerinde oluyor.

IV. Diyalog 對話 （MP3-16）

A (Adam)	B (Kadın)
Ehliyetimi bulamıyorum. Sen mi aldın?	Ne yapacaksın ehliyeti? Arabayla gitmiyoruz, otobüsle gidiyoruz.
Otobüsle mi? Niye arabamızla gitmiyoruz?	Çünkü sen kötü sürüyorsun. Trafik kurallarına uymuyorsun.
Ben kurallara uyuyorum. Bugüne kadar hiç kaza yapmadım.	Tamam, tamam... Ama otobüsle gitmek daha güvenli.
Otobüsler çok kalabalık olur.	Önemli değil. Gençler bize yer verir.
Gençler mi? Onlar kimseye yer vermez!	Verirler, verirler! Hadi çıkalım. Otobüsü kaçırmak istemiyorum.
Neden bu saatte çıkıyoruz?	Çünkü bu saatte trafik olmuyor.
Ama daha kahvaltı yapmadık.	Otobüsten indikten sonra yaparız. Hadi çıkalım!

Trafik 交通

Sorular

	Doğru	Yanlış
1. A'nın ehliyeti yok, bu yüzden araba süremiyor.	☐	☐
2. B'ye göre otobüsle gitmek arabayla gitmekten daha güvenli.	☐	☐
3. B'ye göre gençler otobüste yaşlılara yer vermek istemez.	☐	☐
4. B'ye göre A trafik kurallarına uyuyor, ama kötü araba sürüyor.	☐	☐
5. A ve B otobüse binmeden önce kahvaltı yapacak.	☐	☐
6. B, evden hemen çıkmak istiyor, çünkü otobüsü kaçırmak istemiyor.	☐	☐

***

V. Gruplama 分类

inmek   kaza yapmak   ehliyet   kaçırmak

trafik

1. Yaralanmak, ölmek, zarar görmek

2. Sürücü belgesi

3. Çıkmak, ayrılmak

4. Araba, sürücü, yaya, kural, yol

5. Geç kalmak, yetişememek

VI. Konuşma 口說練習

1. Ehliyetiniz var mı? Ülkenizde kimler ehliyet alabilir? Ehliyet almak için ne yapmak gerekir?

2. Araba, motosiklet veya bisiklet sürebiliyor musunuz? Bunları sürmeyi ne zaman ve nerede öğrendiniz?

3. Yaşadığınız şehirde hangi saatlerde daha çok trafik oluyor? Neden?

4. Hangi trafik kurallarını biliyorsunuz? Bu kurallar neden önemlidir?

5. Trafikte bütün kurallara uyuyor musunuz? Ülkenizde insanlar genellikle hangi trafik kurallarına uymuyorlar?

6. Bugüne kadar hiç trafik kazası gördünüz mü? Sizce trafik kazaları neden oluyor?

7. Bazı insanlara göre uçak en güvenli ulaşım aracıdır. Sizce en güvenli ve en tehlikeli ulaşım araçları hangileridir? Neden?

8. Otobüste veya metroda başka insanlara yer veriyor musunuz? Genellikle kimlere yer veriyorsunuz?

9. Hiç otobüsünüzü, treninizi veya uçağınızı kaçırdınız mı? Nereye gidiyordunuz? Daha sonra ne yaptınız?

10. Sabah otobüse saat kaçta biniyorsunuz? Otobüsten indikten sonra kaç dakika yürüyorsunuz?

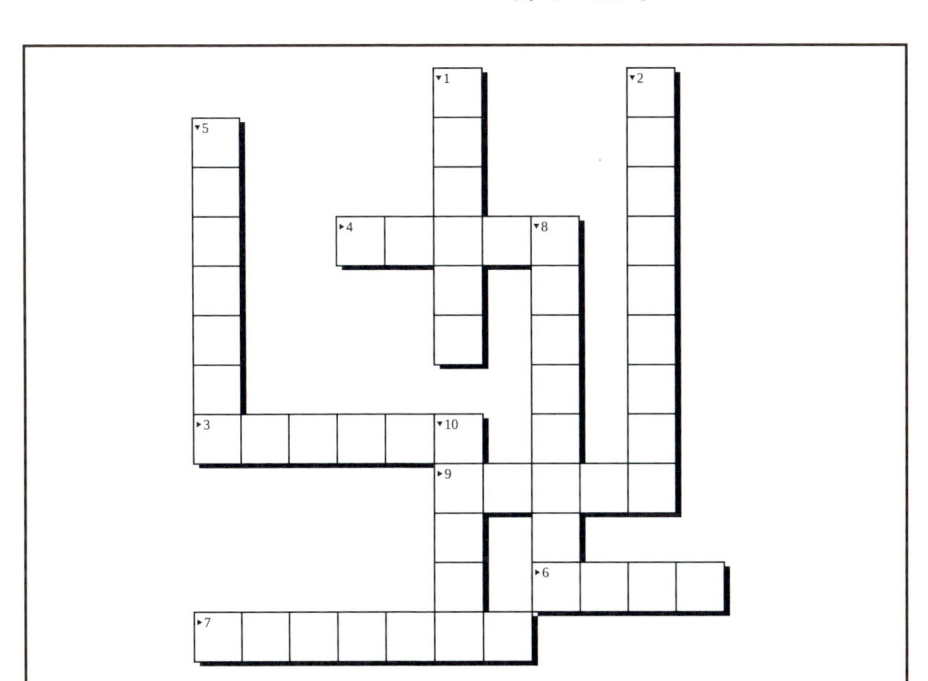

VII. Bulmaca 填字遊戲

1. Arabayı çalıştırıp bir yerden bir yere götürmek.

2. Başka bir yolcuya kendi koltuğunu vermek.

3. Arabaların çok yavaş hareket etmesi.

4. Arabadan çıkmak.

5. Araba sürmek için gereklidir.

6. Beklenmeyen kötü olay.

7. Tehlikeli olmayan.

8. Geç kalmak ve bu yüzden otobüs, tren ve uçak gibi ulaşım araçlarına binememek veya bir toplantıya katılamamak.

9. Kuralları dinlemek. Kurallara uygun hareket etmek.

10. Trafikte onlara uyarız.

9. Tatil 假期

I. Sözlük 字典

1. İzin almak	6. Dinlenmek
2. Yurt dışı	7. Ziyaret etmek
3. Para harcamak	8. (Zaman) geçirmek
4. Yolculuk	9. Gezmek
5. Deniz kenarı	10. Kalmak

1. **İzin almak**: Bir şey yapmak için onay almak, müsaade istemek.

2. **Yurt dışı**: Yabancı ülke(ler).

3. **Para harcamak**: Bir şey almak veya yapmak için para kullanmak.

4. **Yolculuk**: Bir yerden bir yere gitmek, seyahat.

5. **Deniz kenarı**: Denizin yanı, sahil.

6. **Dinlenmek**: Yorgunluğu azaltmak için çalışmaya ara vermek, rahatlamak, istirahat etmek.

7. **Ziyaret etmek**: Bir kişiyi veya bir yeri görmeye gitmek.

8. **(Zaman) geçirmek**: Tatil, bayram, doğum günü gibi zamanları bir şey yaparak kullanmak.

9. **Gezmek**: Yeni yerleri görmek, eğlenmek veya dinlenmek için dolaşmak.

10. **Kalmak**: Bir yerde kısa süre yaşamak, konaklamak.

II. Örnek Cümleler 例句 (MP3-17)

1. Yarın sabah doktora gideceğim, bu yüzden iş yerinden izin almam gerekiyor.

2. Bu yaz, tatilimizi yurt dışında geçirmeyi düşünüyoruz.

3. Kendime yeni bir telefon alacağım, bu yüzden bu günlerde çok para harcamıyorum.

4. İlk kez uçak yolculuğu yapacağım. Hem heyecanlıyım hem de biraz korkuyorum.

5. Evimiz deniz kenarına yakın, her sabah erkenden kalkıp bir saat yüzüyorum.

6. Bu hafta iş yerinde çok yoruldum, hafta sonu evde dinlenmeyi düşünüyorum.

7. Dün sabah eski okuluma gidip öğretmenlerimi ziyaret ettim.

8. Bütün günümü evde film izleyip kitap okuyarak geçirdim.

9. Hafta sonu İzmir'e gidip gezmeyi düşünüyorum.

10. İstanbul'a konferans için geldim. Burada üç gün kalacağım.

***

III. Boşluk Doldurma 填空题

1. Bence tren _____ uçak _____ daha eğlenceli.

2. Pasaport olmadan _____ çıkamazsın!

3. Alışveriş yapmayı seviyorum. Özellikle tatillerde çok _____.

4. Arkadaşlarımla sinemaya gitmek için annemden _____.

IV. Diyalog 對話

A (Kadın)	B (Adam)
A – Gelecek hafta iş yerinden izin alacağım.	B – Ben de izin alacağım. İyi bir tatil yapalım!
A – Tamam. Yurt dışına çıkalım. Yeni ülkeler görürüz.	B – Yurt dışında çok para harcarız. Para harcamak istemiyorum.
A – Tren yolculuğu yapalım. Bütün ülkeyi gezelim.	B – Tren yolculukları çok yorucu oluyor. Yorulmak istemiyorum.
A – Deniz kenarında bir otele gidelim. Orada yüzeriz, dinleniriz.	B – Deniz kenarı çok sıcak olur. Sıcak bir yere gitmek istemiyorum.
A – Akrabalarımızı ziyaret edelim. Onlarla sohbet ederiz.	B – Çok sıkıcı. Tatilde akrabalarla zaman geçirmek istemiyorum.
A – Peki. Şehirdeki en iyi restoranlara gidelim. En güzel yemekleri yiyelim.	B – Zaten kiloluyum. Yemek yiyip daha fazla kilo almak istemiyorum.

Tatil 假期

Sorular

	Doğru	Yanlış
1. A, geçen hafta iş yerinden izin istedi, ama patron izin vermedi.	☐	☐
2. A, yalnız tatil yapmak istiyor.	☐	☐
3. B, tatilde çok para harcamak istemiyor.	☐	☐
4. B'ye göre tatilde akrabaları ziyaret etmek iyi bir fikir değil.	☐	☐
5. B, deniz kenarında tatil yapmak istemiyor, çünkü yüzmeyi bilmiyor.	☐	☐
6. A, ülkesinde kalmak istemiyor, yurt dışında tatil yapmak istiyor.	☐	☐

***

V. Gruplama 分类

yurt dışı kalmak	dinlenmek	yolculuk	para harcamak

1. Yorulmak, rahatlamak

2. Yaşamak, oturmak, konaklamak

3. Yabancı ülke

4. Seyahat, gezi

5. Alışveriş yapmak, satın almak

VI. Konuşma 口說練習

1. İnsanlar başkalarından genellikle ne için izin alırlar? Siz daha önce ailenizden, öğretmenlerinizden veya iş yerindeki yöneticilerinizden izin aldınız mı?

2. Tatillerinizi yurt dışında mı yoksa ülkenizde mi geçirirsiniz? Bugüne kadar hiç yurt dışına gittiniz mi? Hangi ülkeleri gördünüz?

3. Tatilde çok para harcar mısınız? Paranızı en çok neye harcarsınız?

4. Yolculuk yapmayı sever misiniz? Uçak yolculuğunu mu, tren yolculuğunu mu yoksa otobüs yolculuğunu mu tercih edersiniz?

5. Sizce insanlar neden deniz kenarında tatil yapmayı seviyorlar? Siz tatilinizi nerede yapmayı tercih edersiniz?

6. İş yerinde veya okulda çok yoruluyor musunuz? Dinlenmek için neler yapıyorsunuz?

7. Tatillerde ailenizi veya akrabalarınızı ziyaret ediyor musunuz? En son kimi/kimleri ziyaret ettiniz?

8. Tatil günlerinizi kiminle ve ne yaparak geçiriyorsunuz? Kimlerle zaman geçirmeyi seviyorsunuz? Neden?

9. Ülkenizdeki bütün şehirleri gezdiniz mi? Yabancılara ülkenizdeki hangi şehirleri gezmeyi tavsiye edersiniz?

10. Daha önce otellerde kaldınız mı? En son nasıl bir otelde kaldınız? Neyi sevdiniz, neyi sevmediniz?

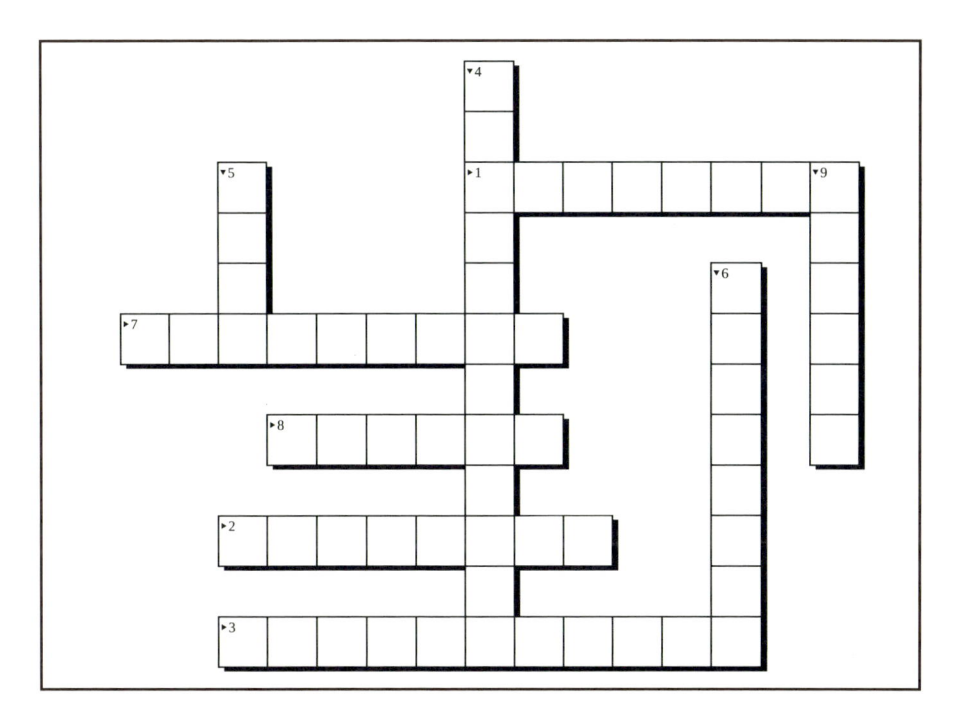

VII. Bulmaca 填字遊戲

1. Seyahat. Bir yerden bir yere gitmek.
2. Parayı kullanmak, bitirmek.
3. Sahil, denizin yanı.
4. Bir kişiyi veya bir yeri görmeye gitmek.
5. Bir şey yapabilmek için ailemizden, patronumuzdan, öğretmenimizden veya başka bir kişiden isteriz; müsaade.
6. Yabancı ülke, ülkenin dışı.
7. Yatarak, tatil yaparak veya müzik dinleyerek rahatlamak. Yorulduğumuz zaman yaparız.
8. Eğlenmek, yeni yerler görmek veya dinlenmek için bir yere gitmek. Dolaşmak.
9. Bir yerde kısa süreliğine (birkaç saat veya birkaç günlüğüne) yaşamak.

10. Güzellik 美容

I. Sözlük 字典

1. Saç kestirmek
2. Kuaför
3. Saç modeli
4. Görünmek
5. Benzemek
6. Kendine bakmak/bakımlı olmak
7. Giyinmek
8. Uygun
9. Makyaj yapmak
10. İç güzellik

1. **Saç kestirmek**: Saçları daha kısa yaptırmak.

2. **Kuaför**: Kadınların saçını yapan, kesen veya boyayan kişi.

3. **Saç modeli**: Saçın şekli, uzunluğu ve rengi; saç stili.

4. **Görünmek**: Belirli bir şekilde olmak (iyi, güzel, yorgun vb.); gözükmek.

5. **Benzemek**: Bir kişi veya bir şey ile aynı görüntüde olmak.

6. **Kendine bakmak/bakımlı olmak**: Temiz ve güzel görünmek için vücut, kıyafet ve sağlığa dikkat etmek.

7. **Giyinmek**: Kıyafet giymek.

8. **Uygun**: Bir kişiye yakışan, onun için ideal olan.

9. **Makyaj yapmak**: Yüzü daha güzel göstermek için ruj, fondöten, allık gibi şeyler kullanmak.

10. **İç güzellik**: Bir insanın iyi karakteri (iyi kalpli, nazik ve saygılı vb.).

Güzellik 美容

II. Örnek Cümleler 例句 (MP3-19)

1. Saçlarım çok uzadı, hafta sonu berbere gidip kestireceğim.

2. Eşim, yarın sabah kuaföre gidip saçlarını boyatacak.

3. Bu saç modelini beğendim, sana çok yakışmış.

4. Arkadaşım bu kıyafetlerle çok farklı görünüyor.

5. Ablam anneme, kız kardeşim ise babama benziyor.

6. Teyzem bakımlı bir kadın, bu yüzden çok genç görünüyor.

7. Sabah kalktıktan sonra giyinip evden çıkmak 10 dakikamı alıyor.

8. Bu mağazada kendime uygun bir gömlek bulamadım.

9. Ablam sabahları evden çıkmadan önce 20 dakika makyaj yapıyor.

10. Bazı insanlar için dış güzellik iç güzellikten daha önemlidir.

***

III. Boşluk Doldurma 填空题

1. Kardeşim ve ben birbirimize çok _____.

2. Mağazada kendime _____ kıyafet bulamadım.

3. Babam çok yorgun _____. Sanırım bugün iş yerinde çok çalıştı.

4. Annem kendine çok iyi _____, bu yüzden hâlâ çok genç görünüyor.

IV. Diyalog 對話 （MP3-20）

A (1. Kadın)	B (2. Kadın)
Saçın çok güzel olmuş! Nerede kestirdin?	Üniversitenin yanındaki kuaförde kestirdim.
Pantolonun da çok yakışmış. Nereden aldın?	Üniversitenin karşısındaki mağazadan aldım.
Benim saçım da kıyafetlerim de bana yakışmıyor.	Çünkü bu kıyafetler ve saç modeli sana uygun değil.
Gerçekten o kadar kötü mü görünüyorum?	Evet. Bu kıyafetlerle çok yaşlı görünüyorsun. Babaanneme benziyorsun!
Yani sence ben çirkin miyim?	Hayır, sadece kendine bakmıyorsun. Daha bakımlı olabilirsin.
Kendime nasıl bakabilirim ki?	Yaşına uygun giyinebilirsin ve makyaj yapabilirsin.
Evet, ama bence iç güzellik dış güzellikten daha önemli.	Hayır, ikisi de önemli!

Güzellik 美容

Sorular

	Doğru	Yanlış
1. B'ye göre A çirkin biri, bu yüzden bakımlı olmasına gerek yok.	☐	☐
2. B, A'nın saç modelini ve kıyafetlerini beğeniyor.	☐	☐
3. B'ye göre iç güzellik dış güzellikten daha önemlidir.	☐	☐
4. B'ye göre A'nın kıyafetleri onun yaşına uygun değil.	☐	☐
5. B, saçını üniversite çevresindeki bir berberde kestirdi.	☐	☐
6. A, kendi kıyafetlerinden ve saç modelinden memnun.	☐	☐

***

V. Gruplama 分类

saç kestirmek   kendine bakmak   uygun   kuaför   giyinmek

1. Kıyafet, elbise, pantolon, etek ☐

2. Uzamak, berber, kuaför ☐

3. Münasip, yakışmak, doğru ☐

4. Makyaj yapmak, iyi giyinmek, güzel görünmek ☐

5. Saç kestirmek, makyaj yapmak, güzellik ☐

VI. Konuşma 口說練習

1. Saçınızı ayda kaç kez kestiriyorsunuz? Saçınızı kestirmek için kaç para ödüyorsunuz?

2. En son ne zaman kuaföre veya berbere gittiniz? Her zaman aynı kuaföre veya berbere mi gidiyorsunuz?

3. Saç modelinizden memnun musunuz? Size nasıl saç (kısa, sarı, düz, kıvırcık vb.) daha çok yakışıyor?

4. Genç ve güzel/yakışıklı görünmek için neler yapıyorsunuz?

5. Ailenizde en çok kime benziyorsunuz? Hangi özelliklerinizi annenizden, hangi özelliklerinizi babanızdan almışsınız?

6. "Çirkin insan yoktur, bakımsız insan vardır." sözüne katılıyor musunuz? Bakımlı olmak sizce önemli mi?

7. İyi giyinmek sizin için önemli mi? Çok kıyafetiniz ve ayakkabınız var mı? Her gün farklı şeyler mi giyiyorsunuz?

8. Sizce iş yerinde, lüks bir restoranda veya sokakta giymek için en uygun kıyafetler nelerdir? Hangi durumlarda hangi kıyafetler daha uygundur?

9. Kadınlar neden erkeklerden daha fazla makyaj yaparlar? Sizce güzel görünmek için makyaj yapmak gerekir mi?

10. "İç güzellik dış güzellikten daha önemlidir." sözüne katılıyor musunuz?

VII. Bulmaca 填字遊戲

1. Kadınlar saçlarını kestirmek için oraya giderler.
2. Saç stili. Saç şekli.
3. Birisi gibi olmak. Onun gibi görünmek.
4. Bir kişinin karakterinin iyi ve güzel olması.
5. Kıyafet giymek.
6. Uzadıktan sonra kuaföre veya berbere gidip kestiririz.
7. Belirli bir görüntüde olmak. Gözükmek.
8. Kendisine iyi bakan, güzel ve genç görünen kişi.
9. Bir kişiye yakışan, onu iyi ve güzel gösteren şey.
10. İnsanlar daha güzel görünmek için yapar.

11. Bilgisayar 電腦

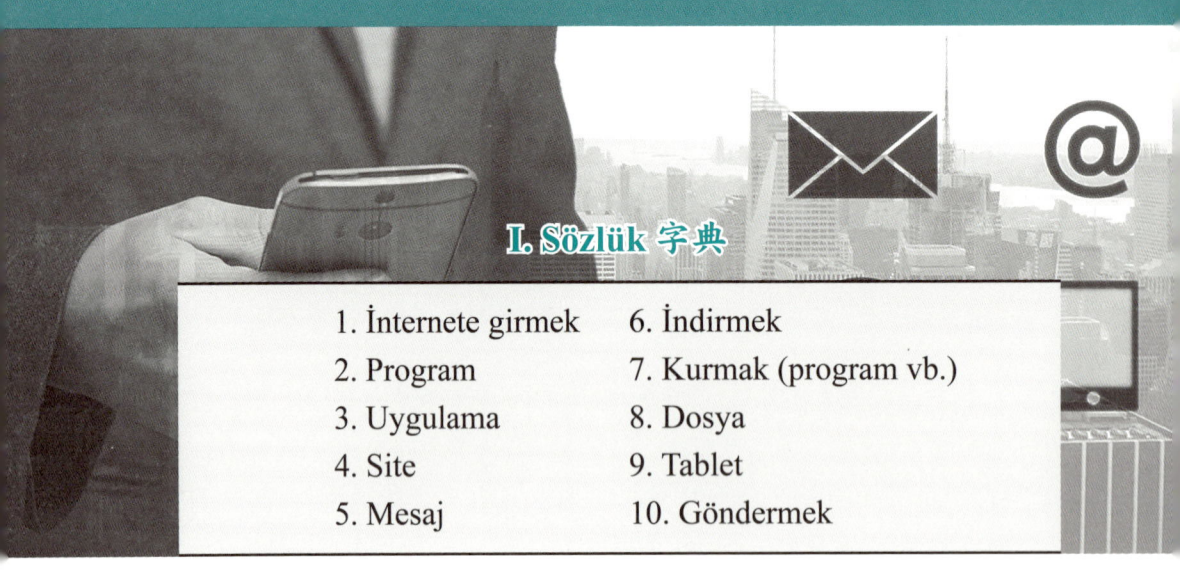

I. Sözlük 字典

1. İnternete girmek	6. İndirmek
2. Program	7. Kurmak (program vb.)
3. Uygulama	8. Dosya
4. Site	9. Tablet
5. Mesaj	10. Göndermek

1. **İnternete girmek**: İnternete bağlanmak ve interneti kullanmaya başlamak.

2. **Program**: Bilgisayarda bazı işleri yapmak için kullanılan uygulama; yazılım.

3. **Uygulama**: Telefon ve tabletlerde bazı işleri yapmak için kullanılan program.

4. **Site**: Şirket, kurum veya kişiler hakkında bilgi veren internet sayfaları (alışveriş sitesi, oyun sitesi vb.); internet sitesi.

5. **Mesaj**: Telefon veya bilgisayar gibi cihazlarla gönderilen yazılı veya sesli bilgi.

6. **İndirmek**: İnternetteki bir şeyi bilgisayara, telefona veya tablete kopyalamak.

7. **Kurmak (program vb.)**: Bir programı kullanmak için cihaza yüklemek ve kullanmaya hazır hâle getirmek.

8. **Dosya**: Dijital belge (resim, video, ses vb.).

9. **Tablet**: Küçük bir bilgisayar türü.

10. **Göndermek**: Bir şeyi bir yerden başka bir yere yollamak.

II. Örnek Cümleler 例句 (MP3-21)

1. Akıllı telefonlar yokken internete sadece bilgisayardan girebiliyorduk.

2. Bilgisayarda oyun oynamayı sevmiyorum. Genelde internete giriyorum veya ofis programlarını kullanıyorum.

3. Gençler artık yeni arkadaşlar bulmak için arkadaşlık uygulamalarını kullanıyorlar.

4. Günümüzde insanlar gazete almak yerine haber sitelerini okuyorlar.

5. Sabah uyandıktan sonra ilk önce telefonumdaki mesajları okuyorum.

6. Uçakta izlemek için bilgisayarıma internetten birkaç film indirdim.

7. Bilgisayarıma yeni bir virüs programı kurdum.

8. Video dosyaları resim ve ses dosyalarından daha büyüktür.

9. Youtube videolarını genellikle tabletten izliyorum.

10. Arkadaşıma dün mesaj gönderdim, ama hâlâ cevap yazmadı.

***

III. Boşluk Doldurma 填空題

1. İşinizle ilgili bilgisayar _____ bilmeniz lazım.

2. Film izlemek için telefonuma Netflix uygulamasını _____.

3. Az önce toplantıdaydım, bu yüzden _____ cevap yazamadım.

4. Şimdiki telefonumu bir alışveriş _____ satın aldım.

IV. Diyalog 對話 (MP3-22)

A (Adam)	B (Kadın)
Aylin, şu sitedeki tablet nasıl, güzel mi?	Evet, güzel. Tablet mi alacaksın?
Daha karar vermedim.	Ne için kullanacaksın?
İnternete girmek ve ödevlerimi yapmak için kullanacağım.	Bence laptop al. Hem internete girersin hem de ödevlerini yaparsın.
Laptopla nasıl yazı yazabilirim?	Word programını indirip kurabilirsin.
Ama ben kalemle yazı yazmak istiyorum.	O zaman tablet senin için daha uygun.
Peki, tablette hangi uygulamayı kullanabilirim.	Bence Goodnotes'u kullanabilirsin.
Bu uygulamadaki yazılarımı başkalarına gönderebilir miyim?	Tabii. Bütün dosyalarını e-mail ile gönderebilirsin.

Bilgisayar 電腦

Sorular

	Doğru	Yanlış
1. B, A'nın hem laptop hem de tablet almasını istiyor.	☐	☐
2. Goodnotes uygulamasını kullanmak için laptop almak lazım.	☐	☐
3. B, sitedeki tableti beğendi.	☐	☐
4. Goodnotes uygulamasındaki yazıları başkasına göndermek mümkün.	☐	☐
5. A'ya göre laptopta yazı yazmak mümkün değil.	☐	☐

***

V. Gruplama 分類

| site | indirmek | dosya | mesaj |
| tablet | program | | |

1. Bilgisayar, telefon, akıllı saat
2. Yazılım, uygulama
3. Yüklemek, kurmak
4. SMS, e-mail, mektup
5. Resim, video, ses, metin
6. İnternet, internet sayfası

VI. Konuşma 口說練習

1. İnternete ne yapmak için giriyorsunuz? Günde kaç saatinizi internette geçiriyorsunuz? İnternete telefondan mı yoksa bilgisayardan mı giriyorsunuz?

2. Hangi bilgisayar programlarını kullanmayı biliyorsunuz? Bu programlarla neler yapıyorsunuz?

3. Ülkenizdeki en yaygın alışveriş uygulamaları hangileridir? Siz hangilerini kullanıyorsunuz?

4. Genellikle hangi siteleri (oyun siteleri, haber siteleri, eğitim siteleri vb.) ziyaret ediyorsunuz?

5. Telefonunuza genellikle kimlerden mesaj geliyor? Hangi mesajlara hemen cevap veriyorsunuz, hangi mesajlara geç cevap veriyorsunuz?

6. İnternetten ücretsiz film, müzik veya program indiriyor musunuz? Sizce ücretsiz film, müzik ve program indirmek hırsızlık mıdır?

7. Yeni bilgisayarınıza ilk önce hangi programları kurarsınız? Sizin için bilgisayarınızdaki en önemli program hangisidir?

8. Bilgisayarınızdan veya telefonunuzdan başkalarına dosya göndermek için hangi uygulamaları kullanıyorsunuz?

9. Günlük işlerinizi daha çok bilgisayarla mı, tabletle mi yoksa telefonla mı hallediyorsunuz?

10. Ülkenizdeki en yaygın sohbet uygulaması hangisidir? Siz arkadaşlarınıza mesaj göndermek için hangi sohbet uygulamalarını kullanıyorsunuz?

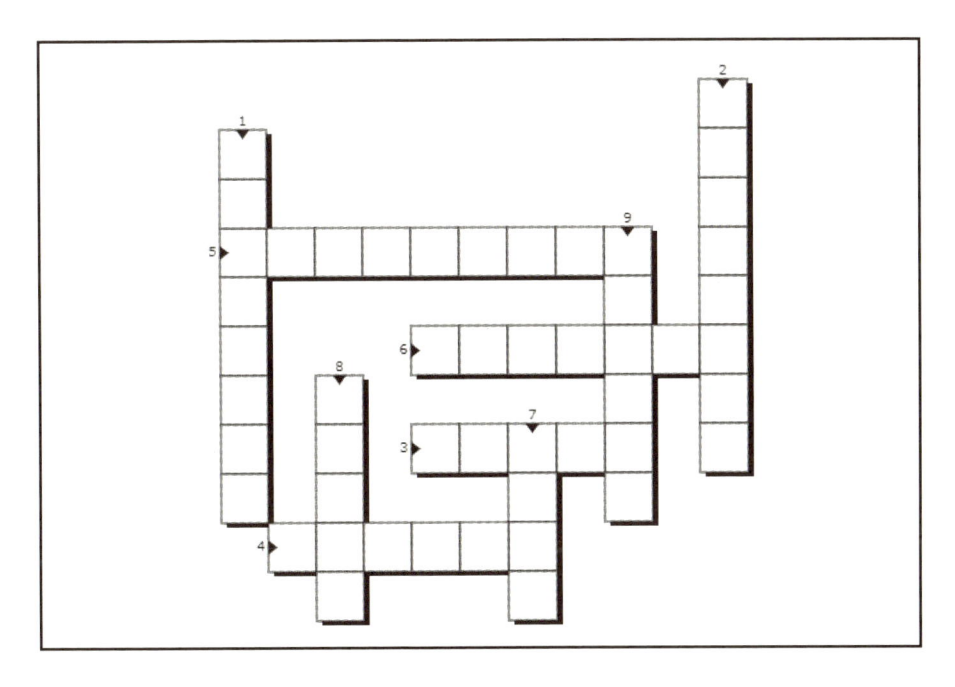

VII. Bulmaca 填字遊戲

1. Bir tür program. Telefon ve tabletlerimizde çeşitli işleri yapmak için kullanırız.
2. İnternetteki bir şeyi bilgisayara kopyalamak.
3. Bilgisayarımızda durur. İçinde dijital yazı, resim, video veya ses vardır.
4. Küçük bilgisayar.
5. Bir şeyin bir yerden başka bir yere gitmesini sağlamak. Bunu yapmak için genellikle mektup veya e-mail kullanırız.
6. Bilgisayara indirip kurarız. Onunla çeşitli işleri yapmak için kullanırız.
7. İnternet sayfası.
8. Telefonumuzdan başka insanlara göndeririz.
9. Bir programı indirdikten sonra kullanmak için hazırlamak.

12. Sosyal Medya 社群媒體

I. Sözlük 字典

1. Hesap
2. Kaydolmak
3. Kullanıcı adı
4. Şifre
5. Kişisel bilgi
6. Yüklemek
7. Eklemek (arkadaş olarak)
8. Takip etmek
9. Takipçi
10. Paylaşmak

1. **Hesap (Sosyal medya hesabı)**: Sosyal medya platformlarında bir kişiye veya kuruma ait sayfa.

2. **Kaydolmak**: Bir siteye veya uygulamaya üye olmak.

3. **Kullanıcı adı**: Sosyal medya hesabına girmek için kullanılan ad.

4. **Şifre**: Bir yere girmek için kullanılan gizli sayı veya kelime; parola.

5. **Kişisel bilgi**: Ad, soyad, doğum tarihi gibi kişiye ait bilgiler.

6. **Yüklemek**: Bir fotoğraf, video veya dosyayı internete koymak.

7. **Eklemek (arkadaş olarak)**: Sosyal medyada bir kişiyi arkadaş listesine almak.

8. **Takip etmek**: Sosyal medyada bir kişiyi izlemek.

9. **Takipçi**: Sosyal medyada birini takip eden kişi.

10. **Paylaşmak**: Sosyal medya hesabında fotoğraf, video veya yazı yayımlamak.

Sosyal Medya 社群媒體

II. Örnek Cümleler 例句 (MP3-23)

1. Benim üç farklı sosyal medya hesabım var, ama en çok Facebook'u kullanıyorum.

2. Instagram'a kaydolmak çok kolay, sadece e-posta ve şifre yeterli.

3. Bütün sosyal medya hesaplarımda aynı kullanıcı adını kullanıyorum.

4. Instagram şifremi unuttum, dünden beri hesabıma giremiyorum.

5. İnternette kişisel bilgileri paylaşmak tehlikeli olabilir, bu konuda dikkatli olmak lazım.

6. YouTube kanalıma dün yeni bir video yükledim. Bugün aynı videoyu Instagram'da da paylaşacağım.

7. İlkokul öğretmenim beni Facebook'ta arkadaş olarak eklemiş, çok şaşırdım!

8. Sevdiğim bütün ünlüleri sosyal medyada takip ediyorum.

9. Instagram'daki takipçilerimin sayısı son günlerde azaldı.

10. Annem YouTube'da yemek videoları paylaşıyor.

***

III. Boşluk Doldurma 填空題

1. Bugün İngilizce kursuna _____. Dersler gelecek hafta başlayacak.

2. Arkadaşımın Instagram'da 1000 takipçisi var, o ise sadece 100 kişiyi _____.

3. İnsanlar her gün Instagram'da milyonlarca yemek fotoğrafı _____.

4. Bütün sosyal medya hesaplarımda aynı _____ kullanıyorum.

IV. Diyalog 對話 （MP3-24）

A (Adam)	B (Kadın)
Instagram hesabı açmak istiyorum. Bana yardım eder misin?	Tabii. Önce telefonuna uygulamayı indirmen gerekiyor.
İndirdim… E-mail adresimi istiyor.	Evet. E-mail adresinle kaydolmalısın.
Tamam… Şimdi kullanıcı adı istiyor.	Bir kullanıcı adı ve şifre yazmalısın.
Yazdım… Şimdi kişisel bilgilerimi istiyor.	Buraya yaşını, cinsiyetini ve mesleğini yazıp fotoğrafını yükle.
Tamam oldu… Peki, seni Instagram'da nasıl takip edeceğim?	Beni takip etmek için arkadaş olarak eklemen lazım.
Tamam, ekledim.	Artık takip edebilirsin.
Aa, senin ne kadar çok takipçin varmış!	Evet, çünkü 5 yıldır Instagram kullanıyorum.

Sosyal Medya 社群媒體

Sorular

	Doğru	Yanlış
1. Instagram hesabı açmak için e-mail adresi lazım.	☐	☐
2. B, uzun zamandır Instagram kullanıyor.	☐	☐
3. A, Instagram'a kişisel bilgilerini yazmak istemiyor.	☐	☐
4. A, B'yi takip etmek için önce onu arkadaş olarak ekliyor.	☐	☐
5. Instagram'a kaydolduktan sonra bir kullanıcı adı ve şifre seçmek gerekiyor.	☐	☐

***

V. Gruplama 分類

şifre	takip etmek	kişisel bilgi	kaydolmak
hesap	paylaşmak		

1. Ad, meslek, telefon numarası
2. Instagram, YouTube, Facebook
3. İzlemek, arkadaş olarak eklemek, beğenmek
4. Üye olmak, abone olmak, yazılmak
5. Parola, kod, rakam, sayı, harf
6. Fotoğraf, video, dosya

VI. Konuşma 口說練習

1. Kaç sosyal medya hesabınız var? En çok hangi sosyal medya hesabınızı kullanıyorsunuz?

2. Bir sosyal medya platformuna kaydolmak için ne yapmak gerekiyor? Sizce yeni bir sosyal medya hesabı açmak zor mu?

3. Sosyal medyada gerçek adınızı kullanıcı adı olarak kullanıyor musunuz? Kaç farklı kullanıcı adınız var?

4. Bütün sosyal medya hesaplarınızda aynı şifreyi mi kullanıyorsunuz? Şifrelerinizi unutmamak için ne yapıyorsunuz?

5. Sosyal medya hesaplarınızda hangi kişisel bilgilerinizi paylaşıyorsunuz? Sizce kişisel bilgileri internette paylaşmak tehlikeli mi?

6. Sosyal medyada aktif misiniz? En çok hangi platforma fotoğraf, video veya yazı yüklüyorsunuz?

7. Çevrenizdeki herkes ile sosyal medyada da arkadaş mısınız? Sizce bütün arkadaşlarımızı ve akrabalarımızı sosyal medyada arkadaş olarak eklememiz gerekiyor mu?

8. Sosyal medyada hangi ünlüleri takip ediyorsunuz? Arkadaşlarınız arasındaki en ünlü kişi kim?

9. Sizce sosyal medyada daha fazla takipçiye sahip olmak için neler yapmak gerekir?

10. Sizce insanlar kendileri için mi yoksa başkaları için mi sosyal medyada fotoğraf ve video paylaşırlar? Fotoğraf ve video paylaşmak sizi mutlu ediyor mu?

VII. Bulmaca 填字遊戲

1. Bir uygulamayı, sosyal medya hesabını veya programı kullanmak için gerekli ad.
2. Gizli sayı, harf. Bir sosyal medya hesabına girmek için kullanılır.
3. Bilgisayardaki bir dosyayı internete koymak.
4. Sosyal medyada bir kişiyi izlemek. Fotoğraflarına, videolarına ve yazılarına bakmak.
5. Sosyal medyaya, insanlara göstermek için resim, video koymak.
6. Kişisel sosyal medya sayfası.
7. Bir yere resmi olarak katılmak.
8. İsim, adres gibi bilgiler.
9. Bir yere veya listeye yeni bir şeyi veya bir kişiyi koymak.
10. Bir sosyal medya kullanıcısı. Sosyal medyada bizi takip eder.

13. Kira 租屋

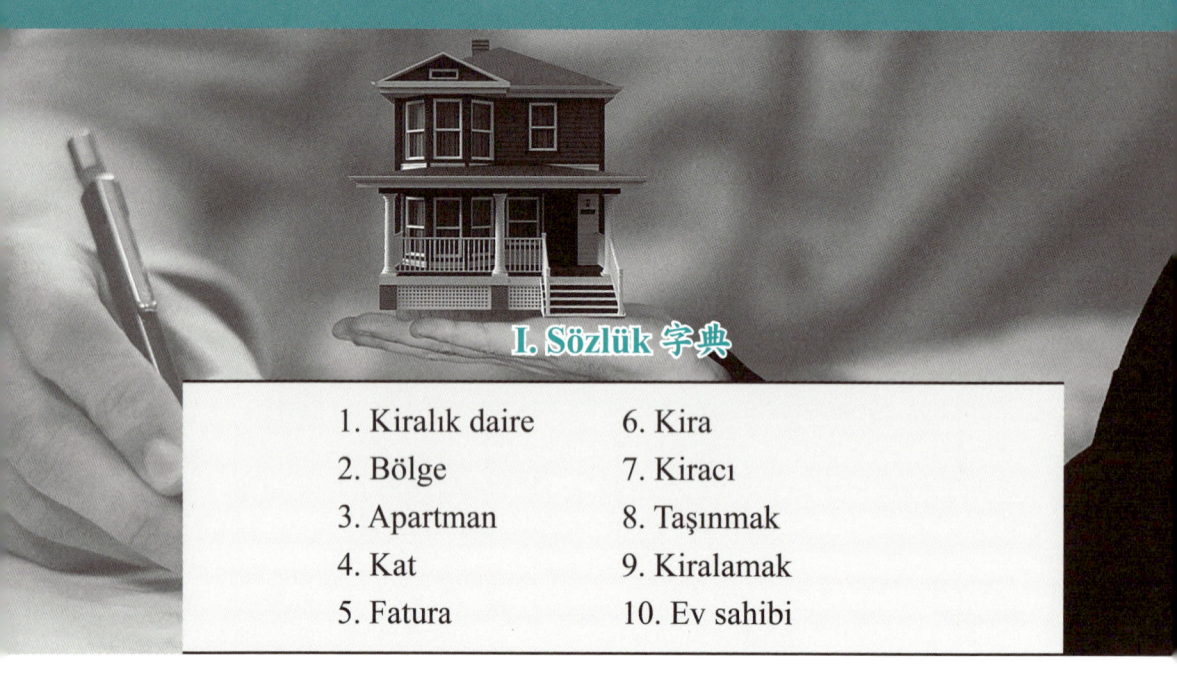

I. Sözlük 字典

1. Kiralık daire	6. Kira
2. Bölge	7. Kiracı
3. Apartman	8. Taşınmak
4. Kat	9. Kiralamak
5. Fatura	10. Ev sahibi

1. **Kiralık daire**: Para verip içinde bir süre yaşanılan ev.

2. **Bölge**: Bir ülkenin veya şehrin bir bölümü.

3. **Apartman**: İçinde birden fazla daire olan çok katlı bina.

4. **Kat**: Bir binanın bölümleri (birinci kat, ikinci kat vb.).

5. **Fatura**: Su, elektrik veya gaz gibi harcamaların ücretini gösteren kâğıt.

6. **Kira**: Bir şeyi bir süre kullanmak için ödenen para.

7. **Kiracı**: Kiralık evde yaşayan kişi.

8. **Taşınmak**: Bir evden ayrılıp başka bir evde yaşamaya başlamak.

9. **Kiralamak**: Bir şeyi para karşılığında belirli bir süre için kullanmak ya da başkasına kullandırmak.

10. **Ev sahibi**: Kiralık evin sahibi, kiraya veren kişi.

Kira 租屋

II. Örnek Cümleler 例句 MP3-25

1. Gelecek ay İstanbul'a taşınacağız, bu yüzden kiralık daire arıyoruz.

2. Şehir merkezindeki ev kiraları diğer bölgelere göre daha yüksek.

3. Apartmanın ikinci katına yeni bir kiracı taşındı.

4. Binanın asansörü bozulmuş. Beşinci kata yürüyerek çıktım.

5. Bu ayki elektrik faturasını ödedim, ama gaz faturası daha gelmedi.

6. Bu apartmandaki dairelerin kiraları 10 bin liradan başlıyor.

7. Kiracımız faturaları her ay zamanında ödüyor.

8. Üst kattaki komşumuz yeni bir ev almış, gelecek hafta buradan taşınacakmış.

9. Tatilde bir araba kiralayıp Avrupa turu yapmayı düşünüyoruz.

10. Ev sahibi evde hayvan beslememize izin vermiyor.

***

III. Boşluk Doldurma 填空题

1. Şehir merkezinde ev _____ çok yüksek.

2. _____ bütün katlarında güvenlik kamerası var.

3. Bu _____ kiralık dairelerin çoğu mobilyalı.

4. Yeni evimize _____ sonra apartmandaki komşularımızla tanıştık.

IV. Diyalog 對話 （MP3-26）

A (Kadın)	B (Adam)
İyi günler! Kiralık daire arıyorum.	Hoş geldiniz. Nerede arıyorsunuz?
Üniversitenin yakınlarında.	O bölgede kiralık daire bulmak zor.
Peki, bu bölgede kiralık daire var mı?	Tabii. Mesela karşı apartmanda bir daire var.
Kaçıncı katta?	Üçüncü katta.
Kirası ne kadar?	30 bin lira. Faturaları ev sahibi ödeyecek.
Çok güzel! Daireyi şimdi görebilir miyim?	Şimdi içinde kiracı var. Ama üç gün sonra taşınacak.
Anladım. Başka bir daire var mı?	Daire yok, ama oda var. Oda kiralamak ister misiniz?
Ailemle yaşıyorum. Bir daire bulmam lazım.	Üniversiteye en yakın daire karşıdaki daire.
O zaman üç gün sonra tekrar geleyim.	Olur. Ben de bugün ev sahibiyle konuşayım.

Kira 租屋

Sorular

	Doğru	Yanlış
1. Üniversitenin çevresinde kiralık daire yok.	☐	☐
2. Karşı apartmanın üçüncü katında boş bir daire var.	☐	☐
3. A, kiralık daireyi daha sonra görmeye gelecek.	☐	☐
4. A'ya göre karşı apartmandaki dairenin kirası biraz yüksek.	☐	☐
5. A, oda kiralamak istemiyor, çünkü ailesiyle birlikte yaşıyor.	☐	☐

***

V. Gruplama 分類

fatura   kira   taşınmak   bölge
apartman   kiralık daire

1. Bina, kat, daire, komşu

2. Şehir, mahalle, cadde, sokak

3. Ayrılmak, yerleşmek

4. Para, ücret, fiyat

5. Apartman, kira, ev

6. Elektrik, su, gaz, ücret

VI. Konuşma 口說練習

1. Daha önce hiç kiralık daire aradınız mı? Sizce kiralık daire bulmak kolay mı? Bunun için hangi siteleri kullanıyorsunuz?

2. Yaşadığınız şehrin en kalabalık bölgesi neresi? İnsanlar neden orada yaşamayı tercih ediyor? Siz orada yaşamak ister miydiniz?

3. Sizce apartmanda yaşamanın avantajları ve dezavantajları nelerdir?

4. Apartmanınız kaç katlı? Siz kaçıncı katta yaşıyorsunuz? Alt ve üst kattaki komşularınızı tanıyor musunuz?

5. Evinizde faturaları genellikle kim ödüyor? Elektrik, gaz ve su için ayda kaç para ödüyorsunuz?

6. Kirada mı yaşıyorsunuz yoksa kendi eviniz mi var? Yaşadığınız bölgede kiralar ve ev fiyatları yüksek mi? Bunun nedeni nedir?

7. Ev sahipleri ve kiracılar arasındaki en yaygın sorunlar nelerdir? Sizce ideal ev sahibi-kiracı ilişkisi nasıl olmalıdır?

8. Yeni bir eve taşınmanın zorlukları nelerdir? Siz şimdiki evinizden başka bir eve taşınmak ister miydiniz?

9. Ev, araba veya motosiklet kiralamak için neler gereklidir? Sizce bir şeyi satın almak mı yoksa kiralamak mı daha avantajlıdır?

10. Kiracı ile ev sahibinin aynı apartmanda oturması sizce sorun mudur? Sizce ev sahibi kiracısını ara sıra ziyaret edebilir mi?

Kira 租屋

VII. Bulmaca 填字遊戲

1. İçinde birden fazla kat vardır. Her katta bir veya daha fazla daire bulunur.
2. Kiralık dairede yaşar. Her ay ev sahibine kira öder.
3. Araba, ev, motosiklet gibi şeyleri para verip bir süre kullanmak.
4. Evini kiracıya verir. Kiracısından her ay kira alır.
5. Apartman evi.
6. Bir apartmanın bölümleri.
7. Bir tür borç belgesi. Elektrik, su ve gaz borcunu gösterir.
8. Şehrin veya ülkenin bir bölümü.
9. Kiracı her ay ev sahibine verir.
10. Eski evden ayrılıp başka bir evde yaşamaya başlamak.

14. İş 工作

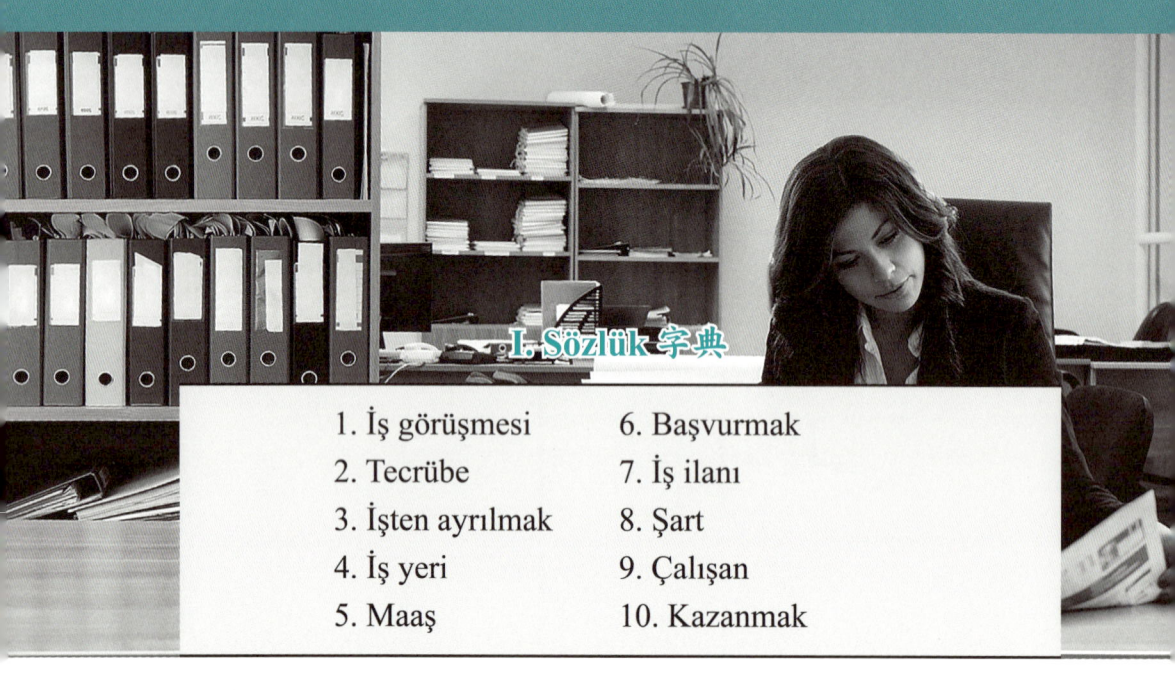

I. Sözlük 字典

1. İş görüşmesi
2. Tecrübe
3. İşten ayrılmak
4. İş yeri
5. Maaş
6. Başvurmak
7. İş ilanı
8. Şart
9. Çalışan
10. Kazanmak

1. **İş görüşmesi**: Bir kişiyi işe almak için yapılan toplantı; mülakat.

2. **Tecrübe**: Bir işi yaparak öğrenilen bilgi ve beceri; deneyim.

3. **İşten ayrılmak**: İşi bırakmak, işten çıkmak; istifa etmek.

4. **İş yeri**: Çalışmak için gidilen yer, ofis.

5. **Maaş**: Çalışanlara her ay verilen para; aylık.

6. **Başvurmak**: Bir işe, okula girmek veya bir sınava katılmak için talepte bulunmak; müracaat etmek.

7. **İş ilanı**: Bir işyerinin yeni bir çalışan almak için yaptığı duyuru.

8. **Şart**: Bir yere kabul edilmek için gerekli şey; koşul.

9. **Çalışan**: Bir işyerinde çalışan kişi; personel.

10. **Kazanmak**: Çalışarak para almak.

II. Örnek Cümleler 例句 （MP3-27）

1. Daha önce hiç iş görüşmesine gitmedim, bu konuda tecrübem yok.

2. İş hayatında tecrübe çok önemlidir. Tecrübeli insanlar daha kolay iş bulurlar.

3. Annem kardeşim doğduktan sonra işten ayrılıp ev hanımı oldu.

4. İş yerindeki arkadaşlarımla ve patronumla çok iyi anlaşıyorum.

5. İş yerindeki tecrübeli çalışanlar diğer çalışanlardan daha fazla maaş alıyor.

6. Dün internetteki bir öğretmenlik ilanına başvurdum.

7. İş bulmak için internetteki iş ilanlarına bakıyorum.

8. İş ilanındaki şartların çoğu benim için uygun, ancak maalesef iş tecrübem yok.

9. Şirketimizdeki çalışanların çoğu 40 yaşından büyük.

10. Birçok ülkede doktorlar öğretmenlerden daha fazla para kazanır.

***

III. Boşluk Doldurma 填空题

1. _____ iyi geçti. Sorulara iyi cevaplar verdim.

2. Bu şirkette çalışmak için en önemli _____ biri yabancı dil bilmektir.

3. İş yerindeki diğer çalışanlarla aynı işi yapıyorum, ama en az ben _____.

4. İş yerindeki _____ %40'ı kadın.

IV. Diyalog 對話

A (Kadın)	B (Adam)
Merhaba, iyi günler. İş görüşmesi için geldim.	Hoş geldiniz. Buyurun, oturun lütfen.
Teşekkür ederim.	Daha önce sekreterlik yaptınız mı?
Evet, 3 yıllık iş tecrübem var.	Önceki işinizden neden ayrıldınız?
İş yerim evime uzaktı ve maaşım çok azdı.	Peki, buraya neden başvurdunuz?
Çünkü burası evime çok yakın.	İş ilanındaki şartları okudunuz mu?
Okudum. Benim için bütün şartlar uygun.	Çalışanlarımıza ilk yıl çok maaş vermiyoruz.
Sorun değil. Burada uzun yıllar çalışmayı düşünüyorum.	Tabii, bir yıl sonra daha fazla kazanmaya başlarsınız.

İş 工作

Sorular

	Doğru	Yanlış
1. A, daha önceki işinden ulaşım ve maaş nedeniyle ayrıldı.	☐	☐
2. Yeni iş yeri A'nın evine eski iş yerinden daha yakın.	☐	☐
3. A'nın maaşı birkaç yıl değişmeyecek.	☐	☐
4. A, işe başvurmadan önce iş ilanındaki şartları okudu.	☐	☐
5. A, tecrübeli bir sekreter, bu yüzden maaşı yüksek olacak.	☐	☐

***

V. Gruplama 分類

iş yeri	çalışan	maaş	iş görüşmesi
kazanmak	iş ilanı		

1. Aylık, kazanmak

2. Mülakat, toplantı, sınav

3. İşçi, personel, işveren

4. İş aramak, iş bulmak, şart

5. Maaş, aylık, çalışmak

6. Ofis, fabrika

VI. Konuşma 口說練習

1. Sizce iş görüşmelerinde en sık sorulan beş soru nedir? Siz bu sorulara nasıl cevap verirdiniz?

2. Daha önce herhangi bir yerde çalıştınız mı? İş hayatında tecrübe neden önemlidir?

3. İnsanlar genellikle işlerinden neden ayrılırlar? Siz hangi durumlarda işten ayrılmaya karar verirsiniz?

4. Nasıl bir iş yerinde çalışmak isterdiniz? Sizce iyi bir iş yerinin özellikleri nelerdir?

5. Sizin için iyi maaş ne kadardır? İlk maaşınızla ne yaptınız/ne yapmayı düşünüyorsunuz?

6. Bugüne kadar çalışmak veya eğitim almak için nerelere başvurdunuz? Gelecekte hangi okula veya şirkete başvurmayı düşünüyorsunuz?

7. İş ilanlarında genellikle neler yazılıdır? İş bulmak için iş ilanları dışında başka yollar var mı?

8. Yabancı dil bilmek hangi iş ilanları için en önemli şartlardan biridir?

9. Bir iş yerinde çalışanların mutlu olması için neler gereklidir? Çalışanların ne tür hakları olmalıdır?

10. Sizce az çalışıp çok para kazanmak mümkün mü? Günümüzde böyle meslekler var mı?

VII. Bulmaca 填字遊戲

1. Bir yerde çalışmak veya bir yere katılmak için gerekli özellikler.

2. Bir tür sınav. İşe girmeden önce yapılır. İş hakkında sorular sorulur.

3. Bir ofiste iş yapan kişiler.

4. Bir iş yerinde artık çalışmamak. Oradan çıkmak. İstifa etmek.

5. Bir süre bir iş yaptıktan sonra ona sahip oluruz. Eğer o varsa iş bulmak daha kolaydır.

6. Orada çalışırız. Ofis.

7. Çalışanlar her ay alır.

8. Bir yere resmi olarak girmek veya katılmak istemek.

9. İş bulmak için ona bakarız. İçinde iş hakkında bilgiler vardır.

10. Bir iş için para almak.

15. Havaalanı 機場

I. Sözlük 字典

1. Pasaport kontrolü
2. Sürmek (zaman)
3. Kalkmak (uçak, tren vb.)
4. İnmek (uçak)
5. Vaktinde
6. Vize
7. Bilet
8. Yolcu
9. Acele etmek
10. Görevli

1. **Pasaport kontrolü**: Havaalanlarında pasaportların kontrol edildiği yer.

2. **Sürmek (zaman)**: Devam etmek, zaman almak.

3. **Kalkmak (uçak, tren vb.)**: Hareket etmek, yola çıkmak.

4. **İnmek (uçak)**: Havaalanına ulaşmak.

5. **Vaktinde**: Doğru zamanda, zamanında.

6. **Vize**: Bir ülkeye girmek için verilen izin.

7. **Bilet**: Ulaşım araçlarına binmek veya bir etkinliğe katılmak için satın alınan belge.

8. **Yolcu**: Uçak, tren veya gemi ile seyahat eden kişi.

9. **Acele etmek**: Bir işi hızlı bir şekilde yapmak.

10. **Görevli**: İnsanlara yardım eden veya hizmet eden kişi.

Havaalanı 機場

II. Örnek Cümleler 例句 (MP3-29)

1. Yolcular pasaport kontrolünden geçtikten sonra uçağa bindiler.

2. İstanbul-Ankara yolculuğu uçakla yaklaşık bir saat sürüyor.

3. Uçak biraz geç kalktı, ama yolculuğumuz çok güzel geçti.

4. Uçak Ankara'dan kalktıktan bir saat sonra İstanbul'a indi.

5. Havaalanına vaktinde ulaşmak için sabah evden erken çıktım.

6. Bazı ülkelere gidebilmek için önceden vize almak gerekiyor.

7. Uçak biletlerimizi tatile çıkmadan üç ay önce aldık.

8. Uçaktaki yolcuların çoğu film izliyor, birkaç yolcu ise uyuyor.

9. Havaalanına geç kalmamak için acele ettik, ama yine de uçağı kaçırdık.

10. Havaalanındaki görevliler yolculara karşı çok kibarlar.

***

III. Boşluk Doldurma 填空題

1. Yaz aylarında uçak _____ çok pahalı oluyor.

2. Pasaport kontrolü bazen uzun _____.

3. Uçağımız iki saat sonra _____.

4. Bazı ülkelere girmek için _____ almak lazım.

IV. Diyalog 對話 (MP3-30)

A (Kadın)	B (Adam)
Alo, Ozan. Havaalanından çıkmadın mı hâlâ?	Merhaba Şeyda. Az önce pasaport kontrolünden geçtim.
Neden bu kadar uzun sürdü?	Buradaki polisler çok soru sordular.
Ne sorusu?	Vize, dönüş bileti gibi şeyler.
Niye bu kadar çok soru sordular ki?	Bilmiyorum. Bütün yolculara aynı şeyi yaptılar.
Ben de uçak geç kalktı sanmıştım.	Hayır, uçak vaktinde kalkıp vaktinde indi.
Anladım. Ben şimdi yoldayım. On dakika içinde orada olurum.	Tamam, acele etme. Zaten daha valizlerimi bulamadım.
Ne? Valizlerini mi kaybettin?	Evet, ama buradaki görevliler yardımcı oluyor.
Tamam Ozan. Biraz sonra görüşürüz.	Görüşürüz Şeyda.

Havaalanı 機場

Sorular

	Doğru	Yanlış
1. B, pasaport kontrolünde çok zaman kaybetti.	☐	☐
2. Pasaport kontrolündeki polisler havaalanındaki bütün yolculara benzer sorular sordular.	☐	☐
3. A ve B uçak kalkmadan önce telefonda konuşuyorlar.	☐	☐
4. Valizleri bulmak için havaalanı görevlileri B'ye yardım ediyorlar.	☐	☐
5. B'nin uçağı Ankara'dan vaktinde kalktı, ama İstanbul'a geç indi.	☐	☐

***

V. Gruplama 分類

kalkmak	yolcu	pasaport kontrolü	görevli
acele etmek			

1. Polis, soru, vize

2. Hizmet, yardım, iş

3. Uçak, hareket etmek, yola çıkmak

4. Hızlı olmak, çabuk olmak

5. Seyahat, gezmek

VI. Konuşma 口說練習

1. Pasaport kontrolünde görevli polisler yolculara hangi soruları sorarlar? Sizce bu sorular gerekli mi?

2. Bugüne kadarki en uzun uçak yolculuğunuz kaç saat sürdü? Yolculuk sırasında sıkılmamak için neler yaptınız?

3. Sizce uçak kalkmadan kaç saat önce havaalanında olmak gerekir? Uçağa binmeden önce havaalanında neler yaparsınız?

4. Uçaktan indikten sonra kendi ülkende ve yabancı bir ülkede neler yaparsın? Bu iki durum arasında ne gibi farklar vardır?

5. Eviniz havaalanına uzak mı? Havaalanına vaktinde ulaşabilmek için uçuştan kaç saat önce evden çıkıyorsunuz?

6. Ülkenizin pasaportuyla dünyadaki kaç ülkeye vizesiz seyahat edebiliyorsunuz? Hangi ülkeler sizden vize istiyor?

7. Uçak bileti almak için en uygun zaman nedir? Uçak biletinizi genellikle uçuştan ne kadar zaman önce alırsınız?

8. Uçak yolculuklarında hangi yolcu tipleriyle karşılaşabiliriz? Bu yolcuların özellikleri nelerdir?

9. Uçak indikten sonra neden bazı yolcular uçaktan çıkmak için acele ederler? Siz böyle zamanlarda ne yaparsınız?

10. Havaalanlarında ve uçaklarda hangi görevliler çalışır? Bu görevliler yolculara nasıl yardımcı olurlar?

VII. Bulmaca 填字遊戲

1. Yurt dışına çıkmak için gereklidir. Üstünde fotoğrafımız ve kimlik bilgilerimiz vardır.
2. Devam etmek (zaman), zaman almak.
3. Bir işi hızlı yapmak. Bir yere vaktinde yetişmeye çalışmak.
4. Havaalanı, otel gibi yerlerde insanlara yardım eder.
5. Yola çıkmak, hareket etmek (uçak, otobüs ve tren için).
6. İçinden çıkmak (uçak, otobüs ve tren için).
7. Doğru zamanda. Zamanında.
8. Yabancı bir ülkeye girmek için izin belgesi.
9. Uçağa, otobüse veya trene binmek için satın alırız.
10. Uçak, otobüs veya trende yolculuk eder.

16. Para 金錢

I. Sözlük 字典

1. Borç vermek	6. Kimlik
2. Geri ödemek (borç)	7. Banka hesabı
3. ATM	8. Para göndermek
4. Para çekmek	9. Para biriktirmek
5. Banka kartı	10. Kredi çekmek

1. **Borç vermek**: Bir kişiye bir süreliğine para ya da değerli bir şey vermek.

2. **Geri ödemek (borç)**: Alınan parayı veya eşyayı zamanında bir süre sonra sahibine geri vermek

3. **ATM**: Para çekme makinesi; bankamatik.

4. **Para çekmek**: Banka hesabından para almak.

5. **Banka kartı**: Banka hesabından para çekmek için kullanılan kart.

6. **Kimlik**: Kişinin kim olduğunu gösteren belge veya kart.

7. **Banka hesabı**: Para yatırmak ve çekmek için kullanılan hesap.

8. **Para göndermek**: Bir hesaptan başka bir hesaba para aktarmak; para transfer etmek.

9. **Para biriktirmek**: Gelecekte bir şey almak için para toplamak.

10. **Kredi çekmek**: Bankadan borç para almak.

Para 金錢

II. Örnek Cümleler 例句 (MP3-31)

1. Arkadaşıma bir ay önce borç verdim, ama hâlâ geri ödemedi.

2. Yeni telefon almak için abimden biraz borç almıştım, maaşımı alınca geri ödedim.

3. ATM'den hem para çekebilirsiniz hem de başkasına para gönderebilirsiniz.

4. ATM'ler yokken insanlar para çekmek için bankaya giderlerdi.

5. Kredi kartım yok, alışverişlerde banka kartı kullanıyorum.

6. Cüzdanımın içinde paralarım, kredi kartım ve kimliğim var.

7. Banka hesabı açmak için en az 18 yaşında olmak gerekir.

8. Üniversitedeyken ailem bana her ay para gönderiyordu.

9. Kendime yeni bir araba almak için para biriktiriyorum.

10. Yeni bir araba almak istiyorum, ama önce bankadan kredi çekmem gerekiyor.

***

III. Boşluk Doldurma 填空題

1. Para çekmek için bankaya gitmeye gerek yok. _____ de para çekebiliriz.

2. _____ evde unutmuşum, bu yüzden banka hesabı açamadım. Yarın tekrar bankaya gideceğim.

3. Arkadaşım iki aydır bana borcunu _____ .

IV. Diyalog 對話 (MP3-32)

A (1. Adam)	B (2. Adam)
Emre, bana biraz borç verebilir misin? Gelecek ay geri öderim.	Maaşımızı daha geçen hafta aldık. Neden borç istiyorsun?
Kendime yeni bir telefon alacağım. 30 bin liraya ihtiyacım var.	Anladım, ama maalesef yanımda hiç para yok.
Şurada bir ATM var. Oradan para çekebilirsin.	Maalesef banka kartım yanımda değil.
O zaman bankaya gidelim.	Maalesef kimliğim de yanımda değil.
İnternetten benim hesabıma para gönderebilirsin.	Maalesef kart şifremi hatırlamıyorum.
Sanırım, bana borç vermek istemiyorsun!	Evet, çünkü ev almak için para biriktiriyorum.
O zaman gideyim, bankadan kredi çekeyim.	Çok iyi fikir!

Para 金錢

Sorular

	Doğru	Yanlış
1. A, B'den borç istiyor, ama B vermek istemiyor.	☐	☐
2. B'nin kimliği yok, bu yüzden banka hesabı açamıyor.	☐	☐
3. B, yeni bir ev almak için bankadan kredi çekmeyi düşünüyor.	☐	☐
4. Yakınlarda ATM var, ama B oradan para çekemiyor.	☐	☐
5. A'nın B'ye borcu var, ama ödemek istemiyor.	☐	☐
6. A, B'den banka kartının şifresini istiyor.	☐	☐

***

V. Gruplama 分類

banka hesabı   banka kartı   geri ödemek   ATM
kimlik

1. Borç, para, ödünç almak
2. İsim, doğum tarihi, doğum yeri
3. Para çekmek, banka, makine
4. ATM, para çekmek, kredi kartı, nakit
5. Para biriktirmek, para göndermek

VI. Konuşma 口說練習

1. Bugüne kadar hiç kimseye borç verdiniz mi ya da birinden borç aldınız mı? Eğer paraya ihtiyacınız olursa kimden borç istersiniz?

2. Birine borç verseniz ve o kişi parayı geri ödemezse ne hissedersiniz? Böyle bir durumda ne yapmak gerekir?

3. Eskiden insanlar para çekmek için bankaya giderdi. Ancak günümüzde çoğu insan para çekmek için bankaya gitmiyor. Sizce bunun nedeni nedir?

4. ATM'leri çok sık kullanır mısınız? Para çekmek dışında, ATM'lerde başka neler yapabilirsiniz?

5. Alışverişlerinizde banka kartı mı yoksa nakit mi kullanırsınız? Hangi durumlarda kart kullanmak daha avantajlıdır?

6. Kimliklerde hangi bilgiler bulunur? Kimliğinizi genellikle ne yapmak için kullanırsınız?

7. Banka hesabınız var mı? Ülkenizde kimler banka hesabı açabilir? Banka hesabı açmak için neler gereklidir?

8. Birisine para göndermek için ne yapıyorsunuz? Aileniz size çok sık para gönderiyor mu? Siz daha önce birisine para gönderdiniz mi?

9. Para biriktirme alışkanlığınız var mı? Daha önce bir şey almak için para biriktirdiniz mi?

10. Ülkenizde insanlar ne için kredi çekerler? Herkes bankadan kredi çekebilir mi? Bir bankadan kredi çekmek için neler gereklidir?

VII. Bulmaca 填字遊戲

1. Bankadan veya ATM'den para almak.
2. ATM'den para çekmek için veya alışveriş yapmak için kullanırız.
3. Paralarımız orada durur.
4. Bir tür borç para. Bankadan alırız.
5. Başka bir kişiden aldıktan sonra geri ödememiz gerekir.
6. Para çekme makinesi.
7. Üzerinde adımız, doğum tarihimiz gibi kişisel bilgilerimiz yazılıdır.
8. Bir borcu geri vermek.
9. Gelecekte kullanmak için düzenli olarak para toplamak.

17. Eğitim 教育

I. Sözlük 字典

1. Mezun olmak	6. Kurs
2. İlkokul	7. Bölüm
3. Burs	8. Geliştirmek
4. Başarılı	9. Sertifika
5. Not	10. Kazanmak (başarı)

1. **Mezun olmak**: Bir okulu veya kursu başarıyla bitirmek.

2. **İlkokul**: 6-12 yaş arasındaki çocukların gittiği okul.

3. **Burs**: Eğitim için verilen ekonomik destek, para yardımı.

4. **Başarılı**: Bir işte iyi sonuçlar alan kişi.

5. **Not**: Öğrencinin dersteki veya sınavdaki başarısını gösteren sayı veya harf.

6. **Kurs**: Bir konuda derslerin verildiği eğitim programı.

7. **Bölüm**: Üniversitede belirli bir bilim dalında eğitim verilen yer.

8. **Geliştirmek**: Bir şeyi daha iyi hâle getirmek.

9. **Sertifika**: Kurs bitirme belgesi.

10. **Kazanmak (başarı)**: İyi bir sonuç almak, başarmak.

II. Örnek Cümleler 例句 (MP3-33)

1. Mezun olduktan sonra bir ay içinde iş bulup çalışmaya başladım.

2. İlkokuldayken en sevdiğim ders matematikti.

3. İyi bir üniversiteden burs kazanıp yurt dışında okumayı düşünüyorum.

4. Eğitim ve iş hayatında başarılı olmak için çok çalışmak gerekir.

5. Okuldayken matematik sınavlarında en yüksek notu ben alırdım.

6. Ablam çok iyi dans ediyor, çünkü bir yıldır dans kursuna gidiyor.

7. Üniversitede matematik bölümünde okudum. Şimdi bir bankada çalışıyorum.

8. Arkadaşım İspanyolcasını geliştirmek için İspanya'ya gitti.

9. Aşçılık kursunu bitirdikten sonra sertifika alıp bir otelde çalışmaya başladım.

10. Başarılı öğrenciler burs kazanarak iyi bir üniversitede ücretsiz okuyabilirler.

***

III. Boşluk Doldurma 填空题

1. Hafta sonları eşimle dans _____ gidiyorum.

2. Üniversiteden _____ sonra bir iş bulup çalışacağım.

3. Sınavda sınıftaki en yüksek _____ ben aldım.

4. Çok iyi bir üniversiteden _____ kazandım.

IV. Diyalog 對話 （MP3-34）

A (Kadın)	B (Adam)
Mezun olduktan sonra ne yapmayı planlıyorsun?	Yurt dışında bir üniversitede okuyacağım.
Hangi bölümde okuyacaksın?	Ekonomi bölümünde okumayı düşünüyorum.
Peki, neden yurt dışına gitmek istiyorsun? Burada da çok iyi üniversiteler var.	İlkokuldan beri aynı şehirde okuyorum. Yeni yerler görmek istiyorum.
Anladım. Ama yurt dışında okumak biraz pahalı değil mi?	Evet öyle. Ama birçok üniversite öğrencilere burs veriyor.
Ama sadece başarılı öğrencilere burs veriyorlar.	Biliyorum. Ders notlarım çok iyi.
Notlar önemli, ama burs almak için yeterli değil.	Tabii ki! Bu yüzden kendimi geliştirmek için kurslara da gittim.
Peki, bu kurslardan sertifika aldın mı?	Evet. Hepsinden sertifika aldım.

Sorular

	Doğru	Yanlış
1. B, şu anda üniversitede okuyor.	☐	☐
2. B, ilkokuldan beri yurt dışında yaşıyor.	☐	☐
3. B, başarılı bir öğrenci, bu yüzden diploma notu yüksek.	☐	☐
4. B, burs alabilmek için bazı kurslara gitti.	☐	☐
5. Bir üniversiteden burs almak için iyi bir diploma notu yeterlidir.	☐	☐
6. A'ya göre B'nin burs kazanması mümkün değil.	☐	☐

***

V. Gruplama 分類

not	*burs*	*ilkokul*	*kazanmak*
sertifika			

1. Başarmak, başarı
2. Diploma, belge
3. Puan, sınav
4. Ortaokul, lise, üniversite
5. Para, okul, eğitim

VI. Konuşma 口說練習

1. Ülkenizde mezun olduktan sonra iş bulmak kolay mı? Sizce iyi bir iş bulmak için üniversiteden mezun olmadan önce neler yapmak gereklidir?

2. Ülkenizdeki eğitim sisteminden memnun musunuz? İlkokul, ortaokul ve lisede iyi bir eğitim aldınız mı?

3. Bugüne kadar hiç burs aldınız mı? Kimler burs alabilir? Öğrenciler burs almak için nerelere başvurabilirler?

4. Sizce başarılı insanların özellikleri nelerdir? Çevrenizdeki en başarılı insan kim? Sizin bugüne kadarki en büyük başarınız nedir?

5. Öğrencilik hayatınız boyunca en yüksek notları hangi derslerden aldınız? Sizce sınavlarda yüksek not almak iyi bir öğrenci olmak için yeterli midir?

6. İnsanlar neden kurslara katılırlar? Siz bugüne kadar hangi kurslara katıldınız? Bu kursların size bir faydası oldu mu?

7. Lisedeyken hangi bölümde okumayı hayal ediyordunuz? Bugün üniversiteye başlasanız hangi bölümü seçerdiniz?

8. Türkçenizi geliştirmek için derslere katılmak dışında neler yapıyorsunuz? Kendinizi başka hangi konularda geliştirmek istersiniz?

9. İyi bir işte bulabilmek için sizce sertifika ve diploma mı daha önemli, yoksa tecrübe mi? Neden?

10. İyi bir üniversiteyi kazanmak veya bir burs kazanmak için neler gereklidir?

VII. Bulmaca 填字遊戲

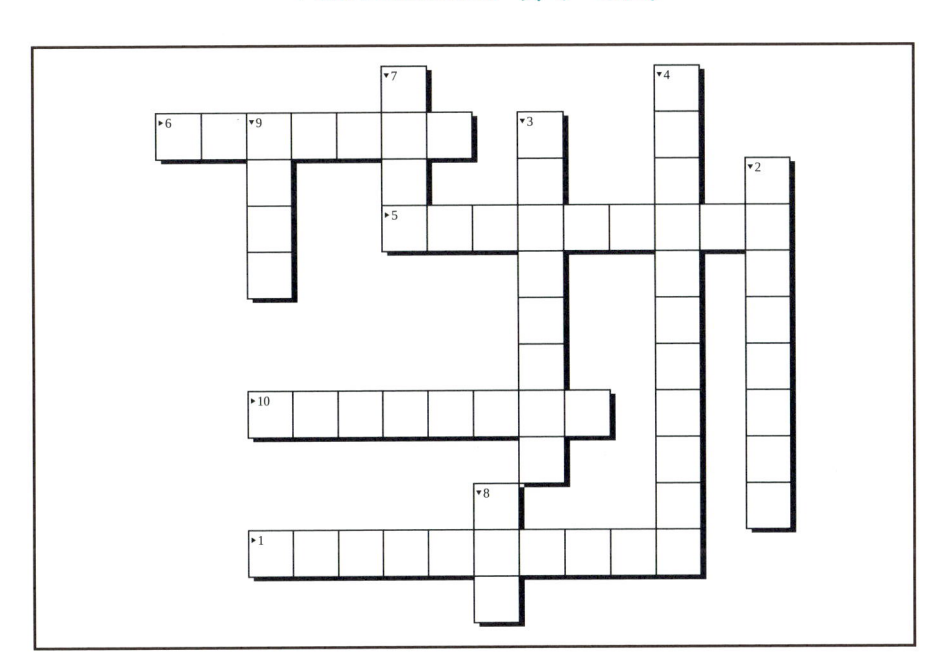

1. Okulu, üniversiteyi bitirmek.
2. Bir işte başka insanlardan daha iyi olan kişi.
3. Üniversitedeki akademik birim. Öğrenciler derslerini burada alırlar.
4. Bir şeyi daha iyi bir hâle getirmek. Bir özelliğini eskisinden daha iyi yapmak.
5. Bir tür belge. Bir kursu başarıyla bitirdikten sonra alırız.
6. Bir okul türü. Çocuklar ortaokuldan önce oraya giderler.
7. Para yardımı. Öğrencilere verilir.
8. Sınav sonucu. Puan.
9. Bir konuda eğitim almak, kendimizi geliştirmek için gideriz. Bittikten sonra sertifika alırız.
10. Bir konuda başarılı olup para veya ödül almak.

18. İletişim 溝通

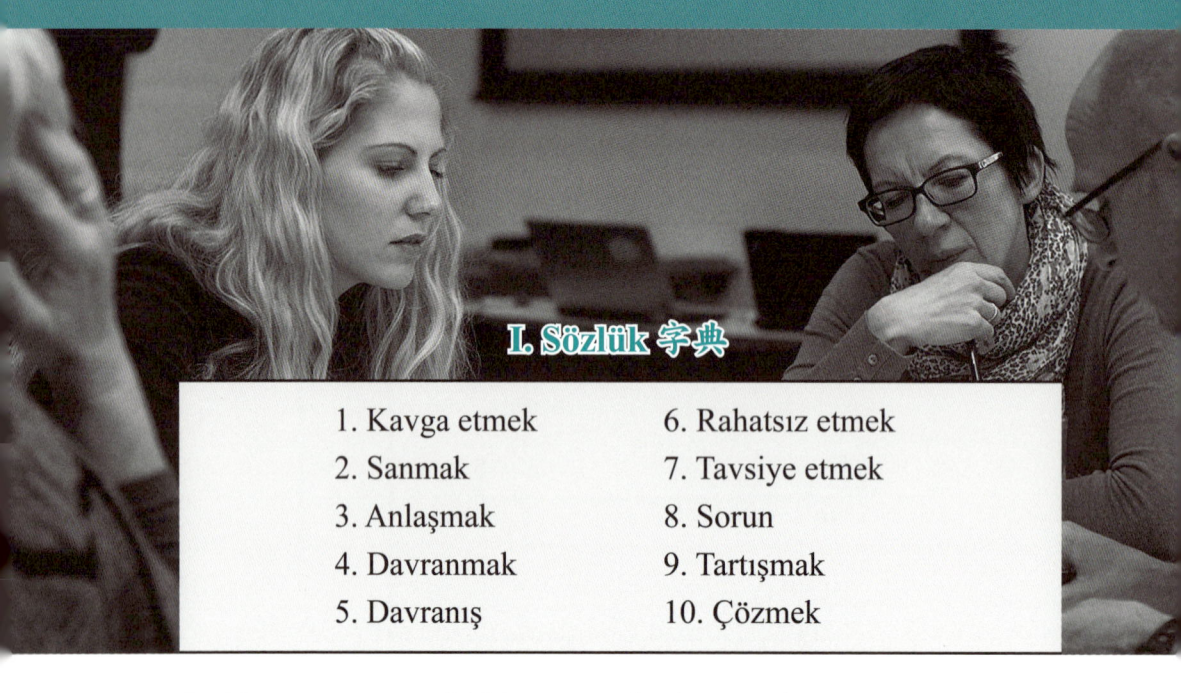

I. Sözlük 字典

1. Kavga etmek	6. Rahatsız etmek
2. Sanmak	7. Tavsiye etmek
3. Anlaşmak	8. Sorun
4. Davranmak	9. Tartışmak
5. Davranış	10. Çözmek

1. **Kavga etmek**: Birbirine vurmak, dövüşmek.

2. **Sanmak**: Bir şeyi doğru diye düşünmek, zannetmek.

3. **Anlaşmak (iletişim)**: Bir kişiyle iyi geçinmek, sorun yaşamamak..

4. **Davranmak**: Bazı durumlarda belirli bir şekilde hareket etmek.

5. **Davranış**: Bir kişinin belirli durumlarda yaptığı hareket veya tavır.

6. **Rahatsız etmek**: Bir kişiyi üzmek, sinirlendirmek veya onun rahatını bozmak.

7. **Tavsiye etmek**: Bir kişiye fikir vermek, ne yapması gerektiğini söylemek.

8. **Sorun**: Çözülmesi gereken durum; problem.

9. **Tartışmak**: Bir konu hakkında bir kişiyle konuşmak ve farklı fikirler söylemek.

10. **Çözmek**: Bir problemi bitirmek, çözüm bulmak.

İletişim 溝通

II. Örnek Cümleler 例句 (MP3-35)

1. Bazı insanlar kolayca sinirlenip başkalarıyla kavga ederler.

2. Annem çok genç görünüyor. Arkadaşlarım onu ablam sanıyor.

3. Oğlum hem arkadaşlarıyla hem de öğretmenleriyle iyi anlaşıyor.

4. Kafedeki garsonlar müşterilere çok kibar davranıyorlar.

5. İnsanların ve hayvanların bazı davranışları birbirine benzer.

6. Üst kattaki komşularımız her gün gürültü yapıp bizi rahatsız ediyorlar.

7. Doktorlar her gün en az yedi saat uyumayı tavsiye ediyorlar.

8. Bazı çocuklar okuldaki sorunlarını ailelerine anlatmıyorlar.

9. Anne ve babalar çocukların yanında tartışmamalıdır.

10. Öğrenciler aralarındaki sorunları konuşarak çözdüler.

***

III. Boşluk Doldurma 填空題

1. Bu restorana ilk kez geliyorum. Bana hangi yemeği _____?

2. Yüksek sesle müzik dinlemek komşuları _____.

3. İş yerindeki arkadaşlarımla çok iyi _____.

4. Ben bugün pazar _____, ama cumartesiymiş.

IV. Diyalog 對話 MP3-36

A (Kadın)	B (Adam)
İyi görünmüyorsun. Bir şey mi oldu?	Çocuklarım!.. Sürekli kavga ediyorlar.
Ben de önemli bir şey sandım.	Sence bu önemli bir şey değil mi?
Bence değil. Bütün çocuklar kardeşleriyle kavga ederler.	Ama eskiden iyi anlaşıyorlardı. Birbirlerine kötü davranmıyorlardı.
Çocuklar büyüyor. Davranışları da değişiyor.	Senin çocukların kavga ediyorlar mı?
Ediyorlar tabii, ama bu beni rahatsız etmiyor.	Yani, sence bu normal bir şey. Öyle mi?
Evet. Biz de küçükken kardeşlerimizle kavga ederdik.	Doğru söylüyorsun. Peki, bana ne tavsiye edersin. Ne yapayım?
Bence bu sorunu çocuklarınla konuş.	Ama onlar tartışmadan konuşamıyorlar.

İletişim 溝通

Sorular

	Doğru	Yanlış
1. B'nin çocukları da A'nın çocukları gibi kavga ediyorlar.	☐	☐
2. A'ya göre insanlar tartışarak sorunlarını çözebilirler.	☐	☐
3. B'nin çocukları eskiden beri birbiriyle iyi anlaşamıyor.	☐	☐
4. B, A'nın tavsiyesini dinleyip çocuklarıyla konuşacak.	☐	☐
5. A'ya göre çocukların davranışları zamanla değişebilir.	☐	☐
6. B küçükken kardeşleriyle hiç kavga etmezdi.	☐	☐

***

V. Gruplama 分類

sanmak	kavga etmek	sorun	anlaşmak
tartışmak			

1. Çözmek, problem ☐
2. Dostluk, arkadaşlık, geçinmek ☐
3. Düşünmek, zannetmek ☐
4. Konuşmak, kavga etmek, sohbet etmek ☐
5. Tartışmak, dövüşmek ☐

VI. Konuşma 口說練習

1. Çocukken kardeşinizle veya arkadaşlarınızla kavga eder miydiniz? Genellikle ne için kavga ederdiniz?

2. Eskiden doğru sandığınız, ama şimdi yanlış olduğunu düşündüğünüz bir şey var mı? Bu konudaki düşünceniz ne zaman ve nasıl değişti?

3. Ailenizde kiminle daha iyi anlaşıyorsunuz? Çevrenizdeki insanlar arasında kiminle anlaşmak daha zor? Neden?

4. İnsanlara iyi davranmak neden önemlidir? Bir toplumda insanlar birbirine saygılı davranmazsa ne gibi sorunlar ortaya çıkabilir?

5. Çevrenizdeki herkese aynı şekilde mi davranırsınız? Davranışlarınız bazen kişiye veya duruma göre değişebilir mi?

6. Toplum içinde sizi rahatsız eden davranışlar nelerdir? Böyle davranışlarla karşılaştığınızda ne yaparsınız?

7. Sizce günümüzde gençlerin en büyük sorunu nedir?

8. Ülkenize yeni taşınan yabancılar ilk zamanlarda hangi sorunlarla karşılaşabilirler? Onlara bu konularda ne yapmalarını tavsiye edersiniz?

9. Çocuklar anne ve babalarıyla genellikle neden tartışırlar? Siz en son kiminle ve ne için tartıştınız? Tartışmanın sonucunda ne oldu?

10. Hediye vermek insanlar arasındaki sorunları çözmek için doğru bir yol mudur? Siz başka insanlarla yaşadığınız sorunları genellikle nasıl çözersiniz?

VII. Bulmaca 填字遊戲

1. Kişinin bazı durumlardaki hareketleri.
2. Bir sorunu bitirmek.
3. Bir kişiyle birçok konuda aynı düşünmek, onunla mutlu bir şekilde yaşamak.
4. Bir kişinin rahatını bozmak.
5. Problem.
6. Bir şey hakkında fikir söylemek. Akıl vermek. Yol göstermek.
7. Dövüşmek. Birbirine vurmak.
8. Bir konu hakkında bir kişiyle sinirli sinirli konuşmak.
9. Zannetmek. Düşünmek.

19. Program 計劃

I. Sözlük 字典

1. Etkinlik	6. İşi çıkmak
2. Düzenlemek	7. Kutlamak
3. Katılmak	8. Davet etmek
4. Plan	9. Toplanmak
5. İptal etmek	10. Eğlenmek

1. **Etkinlik**: Sosyal aktivite; program; faaliyet.

2. **Düzenlemek**: Etkinlik hazırlamak, organize etmek.

3. **Katılmak**: Bir etkinliğe gitmek veya bir gruba girmek, onun bir üyesi olmak.

4. **Plan**: Gelecekte yapılması düşünülen iş.

5. **İptal etmek**: Bir etkinlikten veya karardan vazgeçmek. Bir şeyi yapmamaya karar vermek.

6. **İşi çıkmak**: Başka bir işle ilgilenmek zorunda kalmak.

7. **Kutlamak**: Mutlu bir olay için güzel sözler söylemek veya etkinlik düzenleyerek eğlenmek.

8. **Davet etmek**: Bir kişiyi bir etkinliğe çağırmak.

9. **Toplanmak**: Kalabalık bir grupla buluşmak, bir araya gelmek.

10. **Eğlenmek**: Güzel ve mutlu zaman geçirmek.

Program 計劃

II. Örnek Cümleler 例句 (MP3-37)

1. Boş zamanlarımda konser, tiyatro gibi etkinliklere katılmayı seviyorum.

2. Okuldaki yabancı öğrenciler için bir tanışma partisi düzenledik.

3. Öğrenciler okul gezisine katılmak için ailelerinden izin aldılar.

4. Akşam bir planın yoksa birlikte sinemaya gidelim.

5. Gezi programımızı yağmur nedeniyle iptal ettik.

6. Komşularımızı akşam yemeğine davet etmiştik, ama işleri çıktı, gelemediler.

7. Yarın akşam evde babamın doğum gününü kutlayacağız.

8. Düğünümüze bütün akrabalarımızı ve arkadaşlarımızı davet ettik.

9. Yarın iş yerinden arkadaşlarla toplanıp maç izlemeye gideceğiz.

10. Geçen hafta okuldaki etkinliklerde bütün öğrenciler ve öğretmenler çok eğlendiler.

***

III. Boşluk Doldurma 填空題

1. Akşam yemeğinde bize _____ ister misin?

2. Arkadaşımın ailesi beni Ankara'ya _____.

3. Bugün iş görüşmesine gidecektim, ama iş yerinden arayıp bugünkü görüşmeyi _____.

4. Üniversitede öğrenciyken bütün _____ katılırdım.

IV. Diyalog 對話　MP3-38

A (Adam)	B (Kadın)
Bu ay okulda bir etkinlik var mı?	20 Mart'ta klasik müzik konseri olacak.
Çok iyi! Konseri kim düzenliyor?	Bizim müzik kulübü düzenliyor.
Nasıl? Sen müzik kulübüne mi katıldın?	Tabii! Uzun zamandır bu konsere hazırlanıyoruz.
Harika! O zaman mutlaka gelirim.	Tamam. Peki, bu akşam bir planın var mı?
Vardı, ama iptal ettik. Arkadaşımın başka bir işi çıkmış.	Biz de bugün annemin doğum gününü kutlayacağız. Annem seni de davet etti.
Öyle mi? Nerede toplanıyorsunuz?	Bizim evde. Şimdi gidip pasta alacağım.
Annene ne hediye aldın?	Ona bir şarkı hazırladım. Onu söyleyeceğim.
Hediye şarkı mı? Bence çok iyi fikir.	Sen de benimle birlikte söylemek ister misin?
Tabii söylerim.	Harika! Akşam çok eğleneceğiz.

Sorular

	Doğru	Yanlış
1. B, bu ay okuldaki etkinliklere katılmayacak.	☐	☐
2. B'nin bu akşam için bir planı yok.	☐	☐
3. A, bu akşam arkadaşlarıyla bir etkinliğe katılacak.	☐	☐
4. A'ya göre akşamki doğum günü kutlaması eğlenceli olacak.	☐	☐
5. B'nin annesi A'yı konsere davet ediyor.	☐	☐
6. A ve B, B'nin annesi için bir hediye satın alacaklar.	☐	☐

***

V. Gruplama 分類

düzenlemek   etkinlik   toplanmak   eğlenmek

davet etmek

1. Aktivite, faaliyet, organizasyon
2. Hazırlamak, etkinlik
3. Çağırmak, misafir, katılmak
4. Buluşmak, bir araya gelmek
5. Mutlu olmak, sevinmek, iyi vakit geçirmek

VI. Konuşma 口說練習

1. Daha önce bir yakınınızın düğününe veya doğum günü partisine katıldınız mı? O gün neler yaptınız?

2. Sizce bir doğum günü partisi düzenlemek zor mu? Sizce böyle bir etkinlik düzenlerken nelere dikkat etmek gerekir?

3. Ne tür etkinliklere katılmaktan hoşlanırsınız? Okul/üniversite hayatınız boyunca hangi etkinliklere katıldınız?

4. Bu hafta sonu için bir planınız var mı? Hafta sonu programınızı genellikle kaç gün önceden planlarsınız?

5. Bir etkinlik, bir program veya bir buluşma genellikle neden iptal edilir? Siz daha önce böyle bir olay yaşadınız mı?

6. Doğum gününüzde en yakın arkadaşınız size "Bir işim çıktı, gelemiyorum." dese ne yapardınız? Ona kızar mıydınız?

7. Hangi özel günleri ve bayramları kutlamayı daha çok seversiniz? Bu günlerde en çok ne yapmaktan hoşlanırsınız?

8. En son ne zaman bir etkinliğe davet edildiniz? Bir yere davet edilmek sizi mutlu eder mi? Siz doğum günü, düğün gibi özel günlerinize kimleri davet edersiniz?

9. Ailenizle veya akrabalarınızla çok sık bir araya gelir misiniz? Genellikle nerede toplanırsınız? Böyle günlerde neler yaparsınız?

10. Ülkenizde insanlar eğlenmek için genellikle hangi tür aktivitelere katılırlar? Eğlence anlayışı yaşa ve cinsiyete göre değişir mi? Sizin için en eğlenceli sosyal aktiviteler nelerdir?

VII. Bulmaca 填字遊戲

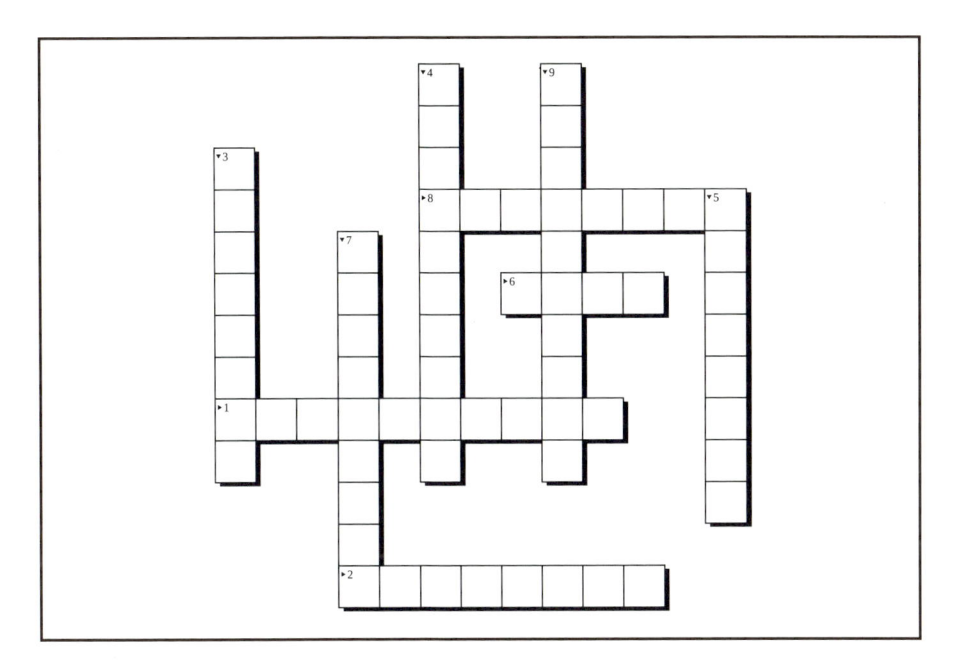

1. Bir etkinliği yapmaktan vazgeçmek.
2. Doğum günü, Anneler Günü, Yılbaşı gibi özel günlerde insanlara güzel şeyler söylemek ve o gün için özel şeyler yapmak.
3. Başka insanlarla birlikte yapılan kutlama, eğlence, yemek gibi aktiviteler.
4. Bir kişiyi bir yere çağırmak. Bir kişiden bir etkinliğe katılmasını istemek.
5. Bir etkinliğin içinde olmak.
6. Gelecekle ilgili düşüncelerimiz.
7. Bir arkadaş grubuyla veya aileyle bir araya gelmek. Buluşmak.
8. Eğlenceli ve güzel vakit geçirmek.
9. Bir etkinlik hazırlamak.

20. Farklılıklar 差異

I. Sözlük 字典

1. Yabancı
2. Kültür
3. Alışmak
4. Toplum
5. Benzerlik
6. Saygı göstermek
7. Garip
8. Alışkanlık
9. Gelenek
10. Özellik

1. **Yabancı**: Başka bir ülkeden gelen kişi veya şey.

2. **Kültür**: Bir toplumun inançları, gelenekleri ve yaşam tarzı.

3. **Alışmak**: Bir yere, şeye veya duruma artık yabancı olmamak.

4. **Toplum**: Birlikte yaşayan büyük insan grubu.

5. **Benzerlik**: İki kişi veya iki şey arasında bazı özelliklerin aynı olması.

6. **Saygı göstermek**: Bir kişiye veya şeye değer vererek iyi davranmak; hürmet göstermek.

7. **Garip**: Normal olmayan; tuhaf; acayip.

8. **Alışkanlık**: Sürekli yapılan iş veya davranış.

9. **Gelenek**: Bir toplumda uzun zamandır yapılan ve devam eden uygulama veya alışkanlık.

10. **Özellik**: Bir şeyi ilginç ve farklı yapan nitelik.

Farklılıklar 差異

II. Örnek Cümleler 例句 （MP3-39）

1. Üniversitedeyken yabancı arkadaşlarımla İngilizce konuşuyordum.

2. Dünyadaki birçok kültürde bahar bayramı vardır.

3. Yabancı bir ülkede bazı şeylere alışmak zor olabilir.

4. Bir toplumu iyi tanımak için o toplumun dilini öğrenmek gerekir.

5. Bazı kültürler arasındaki benzerlikler farklılıklardan daha fazladır.

6. Saygı karşılıklıdır; başkalarına saygı gösterirseniz siz de saygı görürsünüz.

7. Bir kültürde normal kabul edilen bir davranış başka bir kültürde garip karşılanabilir.

8. Çalışmaya başladıktan sonra uyku alışkanlığım değişti. Artık akşamları daha erken uyuyorum.

9. Türkiye'nin çeşitli bölgelerindeki evlenme gelenekleri birbirinden farklıdır.

10. Doğu toplumlarının en önemli özelliklerinden biri, güçlü aile ve akrabalık ilişkilerine sahip olmalarıdır.

***

III. Boşluk Doldurma 填空題

1. Eşim üniversite mezunu, o üç _____ dil biliyor.

2. Başarılı ve çalışkan insanlara herkes _____ .

3. Bu şehrin en önemli _____ harika doğasıdır.

4. Dışarıdan _____ bir koku geliyor. Sanırım, bir şey yanıyor.

IV. Diyalog 對話 (MP3-40)

A (Kadın)	B (Adam)
Ne zamandır yurt dışında yaşıyorsun?	Yaklaşık yirmi yıldır.
Yabancı bir ülkede yaşamak, yeni bir kültüre alışmak zor olmadı mı?	İlk yıllarda biraz zordu, ama artık kendimi yabancı hissetmiyorum.
Kültürleri bizimkinden farklı mı?	Tabii. Her toplumun farklı bir kültürü var.
Yemekleri, giysileri, müzikleri hakkında ne düşünüyorsun?	Birçok konuda bizden farklılar, ama bazı benzerliklerimiz de var.
Öyle mi? Neler mesela?	Mesela bizim gibi onlar da yaşlılara saygı gösteriyorlar.
Anladım. Peki, garip alışkanlıkları veya gelenekleri var mı?	Her kültürün kendi özellikleri var. Bence bunlara "garip" demek doğru değil.
Haklısın, ama yabancı bir ülkede yaşamak benim için yine de zor olurdu.	Bence her insan, özellikle de gençler farklı ülkeleri görmeli ve yeni kültürleri tanımalı.

Farklılıklar 差異

Sorular

	Doğru	Yanlış
1. B, yabancı bir ülkede yaşamaya zamanla alıştı.	☐	☐
2. B'ye göre her kültürün özellikleri farklıdır, bu yüzden kültürler arasında benzerlik olamaz.	☐	☐
3. B'ye göre her kültürde "garip" gelenekler olabilir.	☐	☐
4. İki kültür arasında farklılıklar ve benzerlikler var.	☐	☐
5. İki kültürün ortak özelliklerinden biri yaşlılara saygı göstermektir.	☐	☐
6. A, yabancı bir ülkede yaşamayı düşünmüyor.	☐	☐

***

V. Gruplama 分類

garip   yabancı   toplum   saygı göstermek

gelenek

1. İnsan, halk
2. Sevmek, iyi davranmak
3. Tuhaf, ilginç, farklı
4. Kültür, alışkanlık
5. Farklı, uzak

VI. Konuşma 口說練習

1. Yabancı bir ülkede yaşamak ister miydiniz? Hangi ülkede yaşamak isterdiniz? Sizce yabancı bir ülkede yaşamanın zorlukları ve avantajları nelerdir?

2. Bir toplumun kültürü ile yaşadığı coğrafya ve iklim arasında ilişki var mıdır? Sizce dünyanın çeşitli bölgelerinde yemek ve giyim kültürleri neden birbirinden farklıdır?

3. Yeni bir ülkeye ve kültüre alışmak sizce kolay bir şey mi? İklim, yemek ve insan ilişkileri gibi farklılıklardan hangisine alışmak sizin için daha zor olurdu?

4. Eğitim, ekonomi, sağlık ve aile gibi konulardan hangisi mutlu bir toplum için daha önemlidir? Yaşadığınız toplumun en önemli sorunu sizce nedir?

5. Komşu ülkeler ve kültürlerle hangi benzerlikleriniz ve farklılıklarınız var? Sizce ülkeniz kültür olarak hangi ülkeye daha yakın?

6. Yaşadığınız toplumda en çok kimlere saygı gösterilir? Siz saygınızı genellikle hangi davranışlarla gösterirsiniz?

7. Bir yabancı, sizin kültürünüzde hangi alışkanlıkları ve davranışları garip bulabilir? Siz yabancıların bazı alışkanlıklarını garip buluyor musunuz?

8. Yurt dışında yaşarken bütün kültürel alışkanlıklarınızı devam ettirebilir misiniz? Yemek, giyim ve diğer günlük alışkanlıklarınızı devam ettirmek zor olabilir mi?

9. Kültürünüzde doğum, evlilik ya da ölüm gibi olaylarla ilgili hangi gelenekler var? Sizce yaşlılar için gelenekler neden daha önemli? Gençler geleneklere neden daha az önem veriyor?

10. Ülkenizdeki şehirlerin en önemli özellikleri nelerdir? Bu şehirlerin birbirinden farklı olmasının sebepleri nelerdir?

VII. Bulmaca 填字遊戲

1. Önemli bir kişiye iyi ve özel davranmak.

2. Bir toplumun eski zamanlardan beri yaptığı şeyler.

3. Bir toplumun yaşam tarzı, inanç ve gelenekleriyle ilgili şeylerin hepsi.

4. İki şey arasındaki yakın özellik.

5. Normal olmayan, tuhaf ve farklı şey.

6. Tanıdık olmayan. Başka bir ülkeden gelen veya başka bir ülkeyle ilgili.

7. İçinde yaşarız. Büyük insan grubu.

8. Bir kişinin veya bir şeyin başkalarından farkı.

9. Bir şeye artık yabancı olmamak. Bir şeyi alışkanlık hâline getirmek.

Sözlük 字典

A

acele etmek: 急忙
açmak: 開，開啟
açık hava: 晴天；露天
ağrı kesici: 止痛藥
alışmak: 習慣於，適於
alışkanlık: 習慣
anlaşmak: 成交；相處融洽；共同決定
apartman: 公寓
ateş: 火；（發）燒
ateşi olmak: 發熱、發燒
atm: 自動櫃員機

B

bakımlı: 保養得宜；維護、照顧得好的（車、物）
banka hesabı: 銀行帳戶
banka kartı: 金融卡
banyo: 浴室
başarılı: 成功的，有成就的
başı ağrımak: 頭痛
başvurmak: 申請
beden: 身體；尺碼

benzemek: 似、像，好像
benzerlik: 相似（點）
beslenmek: 攝取、獲得營養
bırakmak: 放下、留下；戒除習慣，放棄
bilet: 票
borç: 借（錢），債務
bot: 靴子
bozuk: 損壞的、故障的
bozulmak: 損壞
bölge: 區域
bölüm: 部分；科系；部門
burs: 獎學金

Ç

çağırmak: 叫；邀請
çalışmak: （人）工作；（機器）運作
çalışan: 員工
çalıştırmak: 啟動（機器），開機
çevre: 附近；環境
çorba: 湯
çözmek: 解開，解決

Sözlük 字典

D

davet etmek: 邀請
davranmak: 對待
davranış: 態度，行為
değişmek: 變、變化
denemek: 嘗試，試（穿、用、吃）
deneme kabini: 試衣間
deniz kenarı: 海邊
derece: 溫度、度
dinlenmek: 休息
diyet yapmak: 節食
dosya: 檔案
duş almak: 沖澡
düşük: 低的
düzenlemek: 安排、舉辦

E

e-mail: 電子郵件
eczane: 藥局
eğlenmek: 玩樂，娛樂
ehliyet: 駕照
eklemek: 附加、添加；(arkadaş olarak)加……為朋友
elektrik: 電
eşya: 東西，家具，物品
etek: 裙子
etkinlik: 活動
ev sahibi: 房東，屋主、主人

F

fatura: （電費，水費）帳單；發票，收據
fırtına: 風暴，暴風雨
fiyat: 價格

G

garip: 奇怪的
gelenek: 傳統
geliştirmek: 使發展
getirmek: 帶來
gezmek: 遊覽
gezi: 遊覽，旅行
giyinmek: 穿衣服
gömlek: 襯衫
göndermek: 寄送，發送
görevli: 員工、工作人員
görünmek: 看起來，呈現
göz atmak: 一瞥；瞥見

grip: 流感
güvenli: 安全的
güzellik: 美麗；美容

H
halletmek: 解決，處理，解開
hastalanmak: 生病
hastalık: 疾病
hava durumu: 天氣情況；天氣預報
hesap: 帳戶；埋單
hesap ödemek: 埋單，結帳
hoşuna gitmek: 喜歡

I
ısınmak: 變溫暖，取暖

İ
iç güzellik: 心靈美
içecek: 飲料
ihtiyaç: 需要
iklim: 氣候
ilaç: 藥
ilkokul: 小學
inmek: 下降，下（交通工具）；（飛機）降落

indirmek: 取下；下載
indirim: 打折，減價
indirimli: 打折的，有減價的
internete girmek: 上網
iptal etmek: 取消
iş görüşmesi: （求職）面試
işi çıkmak: 有事
iş ilanı: 招聘廣告
iş yeri: 工作地，職場
işten ayrılmak: 離職
iyileşmek: （病）癒；變好
izin: 允許，許可，准假

K
kaçırmak: 使逃跑，綁架，沒趕上（車、船），錯過，失掉（機會）
kalmak: 留下；剩；停留；居住
kalın giyinmek: 穿暖
kalkmak (uçak, tren vb.): （飛機）起飛；出發；發車
kanser: 癌症
kapatmak: 關上，蓋上
kat: 層，樓層
katılmak: 參加

kavga etmek: 爭吵，吵架；打架

kaydolmak: 報名，登記，註冊

kaza: 事故

kazak: 毛衣

kazanmak: 賺取（錢）；贏

kendine bakmak: 照顧自己，保持整潔

kendini kötü hissetmek: 自己感覺不舒服、不好

kilo: 公斤

kilo almak: 發胖

kimlik: 身分證

kira: 租，租金

kiracı: 房客；佃戶

kiralamak: 租予；租自

kiralık daire: 出租戶

kişisel bilgi: 個人資料

klima: 冷氣

komşu: 鄰居

konaklamak: 住宿

kontrol etmek: 檢查；控制

kredi çekmek: 貸款

kuaför: 髮廊；美髮師

kullanıcı adı: 用戶名稱

kurmak: 建立；安裝

kural: 規則

kurallara uymak: 遵守規則

kurs: （補習班、才藝班）課程

kutlamak: 慶祝；祝賀、恭喜

kültür: 文化

L

lezzetli: 美味的

M

maaş: 薪水

mağaza: 商店；（分）店；商城、名店城

makyaj yapmak: 化妝

marka: 品牌；商標

masa: 桌子；桌位

menü: 菜單

mezun olmak: 畢業

misafir: 客人

mont: 外套；夾克

mutfak: 廚房

münasip: 合適的，恰當的，適當的

müşteri: 顧客

N
nezle: 感冒
not: 筆記，註記；成績，分數
numara: 數字；尺寸

O
oda: 房間

Ö
ödemek: 付，付款；償還
özellik: 特點、特色、特質

P
palto: 大衣
para biriktirmek: 存錢
para çekmek: 提款
para göndermek: 託人帶錢；匯款
para harcamak: 花錢
pasaport kontrolü: 護照檢查
paylaşmak: 分享
plan: 計畫
program: 計畫，節目；電腦程式

R
rahatlamak: 舒服，安逸；放心
rahatsız etmek: 打擾；麻煩

S
saç kestirmek: 剪頭髮、理髮
saç modeli: 髮型
sağlıklı: 健康的
salata: 沙拉
salon: 客廳
sanmak: 以為、認為
saygı göstermek: 尊重
seçmek: 選擇；挑選
sertifika: 證書；檢定證明
seyahat: 旅行
sıcaklamak: 覺得熱
sıcaklık: 溫度，熱度；熱
sigara içmek: 抽菸、吸菸
site (internet): （電腦）網站
soğumak: 變冷
sorun: 問題、困擾
sürmek: 駕車；持續、耗時

Sözlük 字典

Ş
şapka: 帽子
şart: 條件
şifre: 密碼；暗號
şort: 短褲

T
tablet (bilgisayar): 平板電腦
takip etmek: 跟蹤；追隨；（社群媒體）追蹤
takipçi: 追隨者；（社群媒體）追蹤者、關注者
tamir etmek: 修理
tamirci: 修理師傅
tartışmak: 討論；爭論、爭辯；爭執
taşınmak: 搬家
tatlı: 甜點、甜品；甜的；可愛的
tecrübe: 經驗
terk etmek: 離開；拋棄
terlik: 拖鞋
toplanmak: 聚集，集合
toplum: 社會；團體
trafik: 交通
trafik kuralları: 交通規則

U
uygulama (bilgisayar, telefon): （電腦，手機）應用程式
uygun: 合適的、恰當的
uzamak: 變長；長高

Ü
üşümek: 覺得冷；著涼、受寒

V
vaktinde: 準時地
vazgeçmek: 放棄
vize: 簽證

Y
yabancı: 外國人；外國的
yakışmak: 適合（某人）
yaralanmak: 受傷
yardımcı olmak: 幫助；協助
yaya: 行人；徒步地
yer vermek: 讓座
yiyecek: 食物
yolcu: 旅客、乘客
yolculuk: 旅途；旅行
yorulmak: 累、疲倦
yurt dışı: 國外；國外的

yüklemek: 裝載;(電腦)上傳

yüksek: 高的

Z

zarar görmek: 受損

zararlı: 有害的,有損害的,有損失的,造成損害的,傷害的

zararlı alışkanlık: 壞習慣、惡習

zayıflamak: 變瘦、消瘦

ziyaret etmek: 拜訪;參觀;參訪、訪視;探望

Cevap Anahtarı 解答

1. RESTORAN 餐廳

III. Boşluk Doldurma 填空題

1. Annemin yemekleri restoran yemeklerinden daha *lezzetli*.

2. Menüde *tatlı* olarak sadece dondurma var.

3. Dolapta koladan başka *içecek* yok.

4. Restoran çok kalabalık. Hiç boş *masa* yok.

5. Yemekten sonra *hesabı* ödemek için kasaya gittim.

IV. Diyalog 對話

1. Y, 2. D, 3. Y, 4. Y, 5. D

V. Gruplama 分類

1. İçecek, 2. Masa, 3. Yiyecek, 4. Getirmek, 5. Tatlı, 6. Hesap, 7. Menü

VII. Bulmaca 填字遊戲

1. Çorba, 2. Yiyecek, 3. Menü, 4. Getirmek, 5. Hesap, 6. İçecek, 7. Lezzetli, 8. Salata, 9. Masa, 10. Tatlı.

2. EV 房子

III. Boşluk Doldurma 填空題

1. Evdeki bazı *eşyalar* eskidi, bu yüzden yenilerini alacağız.

2. Eve yeni bir televizyon aldıktan sonra salondaki eski televizyonu benim *odama* koyacağız.

3. Yazın ev çok sıcak oluyor, bu yüzden *klimayı* açıyoruz.

4. Babam şimdi *banyoda* duş alıyor.

IV. Diyalog 對話

1. D, 2. Y, 3. Y, 4. Y, 5. D

V. Gruplama 分類

1. Banyo, 2. Klima, 3. Oda, 4. Çevre, 5. Mutfak, 6. Eşya

VII. Bulmaca 填字遊戲

1. Klima, 2. Komşu, 3. Çevre, 4. Misafir, 5. Mutfak, 6. İhtiyaç, 7. Oda, 8. Banyo, 9. Salon, 10. Eşya.

3. MAĞAZA 商店

III. Boşluk Doldurma 填空題

1. Sence bu gömlek bana *yakıştı mı*? Alayım mı?

2. Bugün mağazada bir elbise gördüm, çok *hoşuma gitti*.

3. Mağaza çok kalabalık, içeride onlarca *müşteri* var.

4. Bu ayakkabı sana büyük oldu. Bence bir *numara* küçüğünü alalım.

IV. Diyalog 對話

1. D, 2. Y, 3. D, 4. Y, 5. Y

V. Gruplama 分類

1. Marka, 2. Numara, 3. Denemek, 4. Beden, 5. İndirim, 6. Hoşuna gitmek

VII. Bulmaca 填字遊戲

1. Rahat, 2. Müşteri, 3. Yakışmak, 4. Denemek, 5. Yardımcı olmak, 6. Hoşuna gitmek, 7. İndirim, 8. Beden, 9. Numara, 10. Marka.

4. HASTALIK 疾病

III. Boşluk Doldurma 填空題

1. Bugün kendimi *kötü hissediyorum*, sanırım grip oldum.

2. *Ateşim* 40 derece. Hemen doktora gitmem lazım.

3. Biraz başım ağrıyor. Eczaneye gidip bir *ağrı kesici* alacağım.

4. *İlaç* içtikten sonra kendimi daha iyi hissetmeye başladım.

IV. Diyalog 對話

1. Y, 2. Y, 3. D, 4. Y, 5. D, 6. D

V. Gruplama 分類

1. Hastalanmak 2. İlaç, 3. Ağrı kesici, 4. Derece, 5. Eczane, 6. Hastalık

VII. Bulmaca 填字遊戲

1. İlaç, 2. Ateş, 3. Hastalık, 4. Ağrımak, 5. Hastalanmak, 6. Derece, 7. İyileşmek, 8. Eczane, 9. Ağrı kesici.

5. HAVA 天氣

III. Boşluk Doldurma 填空題

1. Hava soğuk, *üşüyorum*. Bir sıcak kahve içeceğim.

2. Havalar ağustostan sonra *ısınmaya* başlayacak.

3. Hava durumuna göre bugün hava 35 *derece*.

4. Soğuk havalarda üşümemek için *kalın giyinmek* lazım.

IV. Diyalog 對話

1. Y, 2. D, 3. Y, 4. Y, 5. Y, 6. D

V. Gruplama 分類

1. Isınmak, 2. Soğumak, 3. Kalın giyinmek, 4. Hava durumu, 5. Derece

VII. Bulmaca 填字遊戲

1. Hava durumu, 2. Üşümek, 3. Derece, 4. İklim, 5. Sıcaklık, 6. Isınmak, 7. Soğumak, 8. Açık hava, 9. Kalın, 10. Değişmek.

6. TAMİR 修理

III. Boşluk Doldurma 填空題

1. Apartmandaki asansör *bozuldu*, yarın bir tamirci çağırmamız lazım.

2. Bilgisayarım iyi çalışmıyordu. Kapatıp tekrar *açtım*, çalışmaya başladı.

3. Ben genellikle bütün işlerimi kendim *hallederim*.

IV. Diyalog 對話

1. D, 2. Y, 3. Y, 4. Y, 5. D, 6. D

V. Gruplama 分類

1. Kontrol etmek, 2. Halletmek, 3. Çağırmak, 4. Bozulmak, 5. Açmak

VII. Bulmaca 填字遊戲

1. Bozulmak, 2. Çalışmak, 3. Tamirci, 4. Kontrol etmek, 5. Açmak, 6. Tamir etmek, 7. Çağırmak, 8. Halletmek, 9. Elektrik, 10. Bozuk.

Cevap Anahtarı 解答

7. SAĞLIK 健康

III. Boşluk Doldurma 填空題

1. Kilo vermek *kilo almak* kadar kolay değil.

2. Eskiden sigara ve içki içiyordum. Ama bu *zararlı alışkanlıkları* bıraktım. Artık daha sağlıklı bir insanım.

3. Doktorlara göre günde iki bardaktan fazla kahve içmek sağlığa *zararlı*.

4. *Diyet* ve spor yapmadan zayıflayamazsınız.

IV. Diyalog 對話

1. D, 2. Y, 3. D, 4. Y, 5. Y, 6. Y

V. Gruplama 分類

1. Zayıflamak, 2. Diyet yapmak,
3. Zararlı, 4. Beslenmek,
5. Bırakmak

VII. Bulmaca 填字遊戲

1. Bırakmak, 2. Diyet yapmak,
3. Sigara içmek, 4. Beslenmek,
5. Zayıflamak, 6. Zararlı, 7. Alışkanlık, 8. Kilo almak, 9. Sağlıklı.

8. TRAFİK 交通

III. Boşluk Doldurma 填空題

1. Sabah çok *trafik* vardı, bu yüzden derse geç kaldım.

2. Bence motosiklet araba kadar *güvenlik* değil.

3. Araba *sürmeyi* biliyorum, ama henüz ehliyetim yok.

4. Trafik *kazaları* genellikle gece saatlerinde oluyor.

IV. Diyalog 對話

1. Y, 2. D. 3. Y, 4. Y, 5. Y, 6. Y

V. Gruplama 分類

1. Kaza yapmak, 2. Ehliyet,
3. İnmek, 4. Trafik, 5. Kaçırmak

VII. Bulmaca 填字遊戲

1. Sürmek, 2. Yer vermek,
3. Trafik, 4. İnmek, 5. Ehliyet,
6. Kaza, 7. Güvenli, 8. Kaçırmak, 9. Uymak, 10. Kural.

9. TATİL 假期

III. Boşluk Doldurma 填空題

1. Bence tren *yolculuğu* uçak *yolculuğundan* daha eğlenceli.

2. Pasaport olmadan *yurt dışına* çıkamazsın!

3. Alışveriş yapmayı seviyorum. Özellikle tatillerde çok *para harcıyorum*.

4. Arkadaşlarımla sinemaya gitmek için annemden *izin aldım*.

IV. Diyalog 對話

1. Y, 2. Y, 3. D, 4. D, 5. Y, 6. Y

V. Gruplama 分類

1. Dinlenmek, 2. Kalmak, 3. Yurt dışı, 4. Yolculuk, 5. Para harcamak

VII. Bulmaca 填字遊戲

1. Yolculuk, 2. Harcamak, 3. Deniz kenarı, 4. Ziyaret etmek, 5. İzin, 6. Yurt dışı, 7. Dinlenmek, 8. Gezmek, 9. Kalmak.

10. GÜZELLİK 美容

III. Boşluk Doldurma 填空題

1. Kardeşim ve ben birbirimize çok *benziyoruz*.

2. Mağazada kendime *uygun* kıyafet bulamadım.

3. Babam çok yorgun *görünüyor*. Sanırım bugün iş yerinde çok çalıştı.

4. Annem kendine çok iyi *bakıyor*, bu yüzden hâlâ çok genç görünüyor.

IV. Diyalog 對話

1. Y, 2. Y, 3. Y, 4. D, 5. Y, 6. Y

V. Gruplama 分類

1. Giyinmek, 2. Saç kestirmek, 3. Uygun, 4. Kendine bakmak, 5. Kuaför

VII. Bulmaca 填字遊戲

1. Kuaför, 2. Saç modeli, 3. Benzemek, 4. İç güzellik, 5. Giyinmek, 6. Saç, 7. Görünmek, 8. Bakımlı, 9. Uygun, 10. Makyaj.

Cevap Anahtarı 解答

11. BİLGİSAYAR 電腦

III. Boşluk Doldurma 填空題

1. İşinizle ilgili bilgisayar *programlarını* bilmeniz lazım.

2. Film izlemek için telefonuma Netflix uygulamasını *indirdim* / *kurdum*.

3. Az önce toplantıdaydım, bu yüzden *mesajına* cevap yazamadım.

4. Şimdiki telefonumu bir alışveriş *sitesinden* satın aldım.

IV. Diyalog 對話

1. Y, 2. Y, 3. D, 4. D, 5. Y

V. Gruplama 分類

1. Tablet, 2. Program, 3. İndirmek, 4. Mesaj, 5. Dosya, 6. Site

VII. Bulmaca 填字遊戲

1. Uygulama, 2. İndirmek, 3. Dosya, 4. Tablet, 5. Göndermek, 6. Program, 7. Site, 8. E-mail, 9. Kurmak.

12. SOSYAL MEDYA 社群媒體

III. Boşluk Doldurma 填空題

1. Bugün İngilizce kursuna *kaydoldum*. Dersler gelecek hafta başlayacak.

2. Arkadaşımın Instagram'da 1000 takipçisi var, o ise sadece 100 kişiyi *takip ediyorum*.

3. İnsanlar her gün Instagram'da milyonlarca yemek fotoğrafı *paylaşıyorlar*.

4. Bütün sosyal medya hesaplarımda aynı *kullanıcı adını* / *şifreyi* kullanıyorum.

IV. Diyalog 對話

1. D, 2. D. 3. Y, 4. D, 5. D

V. Gruplama 分類

1. Kişisel bilgi, 2. Hesap, 3. Takip etmek, 4. Kaydolmak, 5. Şifre, 6. Paylaşmak

VII. Bulmaca 填字遊戲

1. Kullanıcı adı, 2. Şifre, 3. Yüklemek, 4. Takip etmek, 5. Paylaşmak, 6. Hesap, 7. Kaydolmak, 8. Kişisel bilgi, 9. Eklemek, 10. Takipçi.

13. KİRA 租屋

III. Boşluk Doldurma 填空題

1. Şehir merkezinde ev *kiraları* çok yüksek.

2. *Apartmanın* bütün katlarında güvenlik kamerası var.

3. Bu *bölgede* kiralık dairelerin çoğu mobilyalı.

4. Yeni evimize *taşındıktan* sonra apartmandaki komşularımızla tanıştık.

IV. Diyalog 對話

1. Y, 2. Y, 3. D, 4. Y, 5. D

V. Gruplama 分類

1. Apartman, 2. Bölge, 3. Taşınmak, 4. Kira, 5. Kiralık daire, 6. Fatura

VII. Bulmaca 填字遊戲

1. Apartman, 2. Kiracı, 3. Kiralamak, 4. Ev sahibi, 5. Daire, 6. Kat, 7. Fatura, 8. Bölge, 9. Kira, 10. Taşınmak.

14. İŞ 工作

III. Boşluk Doldurma 填空題

1. *İş görüşmesi* iyi geçti. Sorulara iyi cevaplar verdim.

2. Bu şirkette çalışmak için en önemli *şartlardan* biri yabancı dil bilmektir.

3. İş yerindeki diğer çalışanlarla aynı işi yapıyorum, ama en az ben *kazanıyorum*.

4. İş yerindeki *çalışanların* %40'ı kadın.

IV. Diyalog 對話

1. D, 2. D, 3. Y, 4. D, 5. Y

V. Gruplama 分類

1. Maaş, 2. İş görüşmesi, 3. Çalışan, 4. İş ilanı, 5. Kazanmak, 6. İş yeri

VII. Bulmaca 填字遊戲

1. Şart, 2. İş görüşmesi, 3. Çalışan, 4. İşten ayrılmak, 5. Tecrübe, 6. İş yeri, 7. Maaş, 8. Başvurmak, 9. İş ilanı, 10. Kazanmak.

Cevap Anahtarı 解答

15. HAVAALANI 機場

III. Boşluk Doldurma 填空題

1. Yaz aylarında uçak *biletleri* çok pahalı oluyor.

2. Pasaport kontrolü bazen uzun *sürüyor*.

3. Uçağımız iki saat sonra *kalkacak*.

4. Bazı ülkelere girmek için *vize* almak lazım.

IV. Diyalog 對話

1. D, 2. D, 3. Y, 4. D, 5. Y

V. Gruplama 分類

1. Pasaport kontrolü, 2. Görevli, 3. Kalkmak, 4. Acele etmek, 5. Yolcu

VII. Bulmaca 填字遊戲

1. Pasaport, 2. Sürmek, 3. Acele etmek, 4. Görevli, 5. Kalkmak, 6. İnmek, 7. Vaktinde, 8. Vize, 9. Bilet, 10. Yolcu.

16. PARA 金錢

III. Boşluk Doldurma 填空題

1. Para çekmek için bankaya gitmeye gerek yok. *ATM'den* de para çekebiliriz.

2. *Kimliğimi* evde unutmuşum, bu yüzden banka hesabı açamadım. Yarın tekrar bankaya gideceğim.

3. Arkadaşım iki aydır bana borcunu *(geri) ödemiyor*.

IV. Diyalog 對話

1. D, 2. Y. 3. Y, 4. D, 5. Y, 6. Y

V. Gruplama 分類

1. Geri ödemek, 2. Kimlik, 3. ATM, 4. Banka kartı, 5. Banka hesabı

VII. Bulmaca 填字遊戲

1. Para çekmek, 2. Banka kartı, 3. Banka hesabı, 4. Kredi, 5. Borç, 6. ATM, 7. Kimlik, 8. Ödemek, 9. Biriktirmek.

17. EĞİTİM 教育

III. Boşluk Doldurma 填空題

1. Hafta sonları eşimle dans *kursuna* gidiyorum.

2. Üniversiteden *mezun olduktan* sonra bir iş bulup çalışacağım.

3. Sınavda sınıftaki en yüksek *notu* ben aldım.

4. Çok iyi bir üniversiteden *burs* kazandım.

IV. Diyalog 對話

1. Y, 2. Y, 3. D, 4. Y, 5. Y, 6. Y

V. Gruplama 分類

1. Kazanmak, 2. Sertifika, 3. Not, 4. İlkokul, 5. Burs

VII. Bulmaca 填字遊戲

1. Mezun olmak, 2. Başarılı, 3. Katılmak, 4. Geliştirmek, 5. Sertifika, 6. İlkokul, 7. Burs, 8. Not, 9. Kurs, 10. Kazanmak.

18. İLETİŞİM 溝通

III. Boşluk Doldurma 填空題

1. Bu restorana ilk kez geliyorum. Bana hangi yemeği *tavsiye edersin*?

2. Yüksek sesle müzik dinlemek komşuları *rahatsız ediyor*.

3. İş yerindeki arkadaşlarımla çok iyi *anlaşıyorum*.

4. Ben bugün pazar *sanıyordum*, ama cumartesiymiş.

IV. Diyalog 對話

1. D, 2. D, 3. Y, 4. D, 5. D, 6. Y

V. Gruplama 分類

1. Sorun, 2. Anlaşmak, 3. Sanmak, 4. Tartışmak, 5. Kavga etmek

VII. Bulmaca 填字遊戲

1. Davranış, 2. Çözmek, 3. Anlaşmak, 4. Rahatsız etmek, 5. Sorun, 6. Tavsiye etmek, 7. Kavga etmek, 8. Tartışmak, 9. Sanmak.

Cevap Anahtarı 解答

19. ETKİNLİK 計劃

III. Boşluk Doldurma 填空題

1. Akşam yemeğinde bize *katılmak* ister misin?

2. Arkadaşımın ailesi beni Ankara'ya *davet etti*.

3. Bugün iş görüşmesine gidecektim, ama iş yerinden arayıp bugünkü görüşmeyi *iptal ettiler*.

4. Üniversitede öğrenciyken bütün *etkinliklere* katılırdım.

IV. Diyalog 對話

1. Y, 2. Y, 3.Y, 4. D, 5. Y, 6. Y

V. Gruplama 分類

1. Etkinlik, 2. Düzenlemek, 3. Davet etmek, 4. Toplanmak, 5. Eğlenmek

VII. Bulmaca 填字遊戲

1. İptal etmek, 2. Kutlamak, 3. Etkinlik, 4. Davet etmek, 5. Katılmak, 6. Plan, 7. Toplanmak, 8. Eğlenmek, 9. Düzenlemek.

20. FARKLILIKLAR 差異

III. Boşluk Doldurma 填空題

1. Eşim üniversite mezunu, o üç *yabancı* dil biliyor.

2. Başarılı ve çalışkan insanlara herkes *saygı gösterir*.

3. Bu şehrin en önemli *özelliği* harika doğasıdır.

4. Dışarıdan *garip* bir koku geliyor. Sanırım, bir şey yanıyor.

IV. Diyalog 對話

1. D, 2. Y, 3. Y, 4. D, 5. D, 6. D

V. Gruplama 分類

1. Toplum, 2. Saygı göstermek, 3. Garip, 4. Gelenek, 5. Yabancı

VII. Bulmaca 填字遊戲

1. Saygı göstermek, 2. Gelenek, 3. Kültür, 4. Benzerlik, 5. Garip, 6. Yabancı, 7. Toplum, 8. Özellik, 9. Alışmak.

國家圖書館出版品預行編目資料

土耳其語聽力與會話A2-B1 / 徐漢陽（Erhan Taşbaş）著
-- 初版 -- 臺北市：瑞蘭國際, 2025.06
160面；17 x 23公分 -- （繽紛外語系列；151）
ISBN：978-626-7629-57-4（平裝）
1.CST：土耳其語 2.CST：讀本

803.818　　　　　　　　　　　　　114007043

繽紛外語151
土耳其語聽力與會話A2-B1

作者｜徐漢陽（Erhan Taşbaş）
責任編輯｜葉仲芸、王愿琦
校對｜徐漢陽（Erhan Taşbaş）

土耳其語錄音｜徐漢陽（Erhan Taşbaş）、杜時幼（Buket Düzyol）、謝怡達（Şeyda Yılmaz）
封面設計｜徐漢陽（Erhan Taşbaş）、陳如琪
版型設計、內文排版｜徐漢陽（Erhan Taşbaş）

瑞蘭國際出版

董事長｜張暖彗・社長兼總編輯｜王愿琦
編輯部
副總編輯｜葉仲芸・主編｜潘治婷・文字編輯｜劉欣平
設計部主任｜陳如琪
業務部
經理｜楊米琪・主任｜林湲洵・組長｜張毓庭

出版社｜瑞蘭國際有限公司・地址｜台北市大安區安和路一段104號7樓之1
電話｜(02)2700-4625・傳真｜(02)2700-4622・訂購專線｜(02)2700-4625
劃撥帳號｜19914152 瑞蘭國際有限公司
瑞蘭國際網路書城｜www.genki-japan.com.tw

法律顧問｜海灣國際法律事務所　呂錦峯律師

總經銷｜聯合發行股份有限公司・電話｜(02)2917-8022、2917-8042
傳真｜(02)2915-6275、2915-7212・印刷｜科億印刷股份有限公司
出版日期｜2025年06月初版1刷・定價｜480元・ISBN｜978-626-7629-57-4

◎版權所有・翻印必究
◎本書如有缺頁、破損、裝訂錯誤，請寄回本公司更換
PRINTED WITH SOY INK 本書採用環保大豆油墨印製